YVONNE LINDSAY

Promesa de venganza

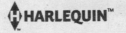

Editado por Harlequin Ibérica.
Una división de HarperCollins Ibérica, S.A.
Núñez de Balboa, 56
28001 Madrid

© 2019 Dolce Vita Trust
© 2019 Harlequin Ibérica, una división de HarperCollins Ibérica, S.A.
Promesa de venganza, n.º 166 - 20.6.19
Título original: Vengeful Vows
Publicada originalmente por Harlequin Enterprises, Ltd.

I.S.B.N.: 978-84-1307-772-7
Depósito legal: M-13475-2019
Impresión en CPI (Barcelona)
Fecha impresion para Argentina: 17.12.19
Distribuidor exclusivo para España: LOGISTA
Distribuidor para México: Distibuidora Intermex, S.A. de C.V.
Distribuidores para Argentina: Interior, DGP, S.A. Alvarado 2118.
Cap. Fed./Buenos Aires y Gran Buenos Aires, VACCARO HNOS.

MIXTO
Papel procedente de
fuentes responsables
FSC® C108412

Capítulo Uno

Alice Horvath, matriarca de la familia Horvath, antigua presidenta de Horvath Corporation y creadora de Matrimonios a Medida, examinó la sala decorada con flores y velas encendidas y trató de ignorar el nerviosismo que le atenazaba. No sabía por qué estaba tan nerviosa por el matrimonio de Galen, el tercero de sus nietos mayores, con una mujer tan perfecta para él que Alice había llorado al hacer el emparejamiento. Por algún motivo, a pesar de su habitual atención a los detalles, le parecía que no tenía la situación tan controlada con lo que ocurriría con posterioridad en aquella relación como en otras ocasiones.

La felicidad futura de los contrayentes era su único objetivo, pero, por una vez, no era capaz de verla tan claramente para ellos como con los otros. Si lo conseguían, necesitarían mucho trabajo y compromiso por parte de los dos.

¿Habría corrido Alice un riesgo innecesario? Galen le había dicho que no quería una gran pasión, pero todo el mundo se la merecía, ¿no?

Pensó en Eduard, su difunto esposo. Hacía mucho que no lo echaba tanto de menos. Sin embargo, aún no estaba lista para compartir la eternidad a su lado. Aún le quedaba mucho que hacer y el éxito del matrimonio que estaba a punto de celebrarse era parte de ello. A pesar de los secretos que pudieran salir a la luz.

Galen cerró los ojos. Se sobresaltó al notar que una mano pequeña tomaba la suya y se la apretaba.

–Todo va a salir bien –le susurró Ellie–. Va a quererte mucho.

Galen le apretó la mano a la pequeña afectuosamente.

–Va a querernos mucho –afirmó.

Se limpió una mota de polvo imaginaria de la manga del traje y miró a su pequeña acompañante en el altar. Ellie le devolvió la sonrisa y Galen sintió que el corazón se le llenaba de felicidad. Aquel no era un enlace muy tradicional. Su objetivo era proporcionar seguridad a Ellie, de nueve años, por lo que lo más lógico era que fuera ella quien lo acompañara al altar cuando se casaba con una completa desconocida. Pobre niña. Se merecía a alguien mucho mejor que él, pero Galen estaba dispuesto a hacerlo todo por ella.

Cuando asumió la tutela de Ellie después de las repentinas muertes de sus padres en un horrible accidente de coche hacía poco más de tres meses, la vida que Galen había conocido hasta entonces se detuvo en seco. Se terminaron las fiestas y el estilo de vida de playboy. Se había pasado gran parte de su vida adulta evitando el compromiso, pero este se le había presentado de repente, cuando menos lo esperaba. No había estado preparado, pero tampoco lo habían estado para morir sus mejores amigos, los padres de Ellie.

Miró a su alrededor para asegurase de que todo estaba como debía. Si no tuviera el hábito de comprobar que estaba todo perfecto, hasta el más mínimo detalle, no sería el presidente de Horvath Hotels y Resorts. Sabía cómo hacer que las personas fueran felices. Seguramente eso le ayudaría cuando tuviera que hacer feliz a su esposa, ¿no?

—¡Ya está aquí! —susurró Ellie—. Y es muy guapa...

Galen miró hacia la puerta frente al altar, al otro lado del pasillo alfombrado. Sintió que la respiración se le cortaba. ¿Guapa? Esa palabra ni siquiera empezaba a describir a la mujer que esperaba allí. Su rostro era la viva imagen de la serenidad. Tenía la cabeza muy erguida sobre un largo y elegante cuello. Llevaba el cabello recogido de manera informal y Galen sintió el deseo de quitarle las horquillas y dejar que este cayera por los esbeltos hombros, que quedaban al descubierto por el escote palabra de honor del vestido. La piel le brillaba. Un colgante de diamantes le adornaba el cuello. Galen no pudo evitar fijarse en lo rápidamente que le subía y bajaba el pecho ni la ligera insinuación del suave abultamiento de los senos, contenidos por la parte superior del vestido. Bajó la mirada un poco más, hasta la estrecha cintura ceñida por un lazo de raso adornado con flores de seda y *strass*. A continuación, se fijó en las tres capas de vaporosa tela que formaban la amplia falda del vestido, que parecía flotar.

—Parece una princesa —dijo Ellie, más alto en aquella ocasión, para que todo el mundo girara la cabeza y admiraran a la novia. Todos los presentes susurraron exclamaciones de admiración.

—Hagamos que se convierta en nuestra reina, ¿te parece? —respondió Galen. Sin soltar la mano de Ellie, se dirigió hacia la novia.

Mientras iban acercándose, Galen notó que el pulso latía en el cuello de su futura esposa. Tal vez ella no estaba tan serena como parecía transmitir. No le importaba. En cierto modo, había sentido algo de reserva ante la idea dé casarse con una mujer que no se mostrara algo nerviosa ante la perspectiva de conocer a su futuro esposo por primera vez ante el altar. A pesar de que había visto que su hermano y su primo conseguían matrimonios de éxito de esa manera, nunca, ni por un instante, lo había considerado para sí mismo. Ni siquiera había pensado en el matrimonio antes de tener a Ellie.

Ella abrió los ojos, de color azul grisáceo.

—Supongo que eres mi futuro esposo —dijo ella con una voz ronca que delataba nerviosismo.

—Galen Horvath, a tu servicio —repicó él tomándole la mano para llevársela a los labios.

Tenía la piel cálida, con un ligero aroma dulce, con un toque de vainilla y algo más, que lo hacía muy embriagador. Cuando Galen notó que a ella le temblaba la mano, se la soltó.

Ellie, que no tenía nada de tímida, tomó la palabra.

—Yo soy Ellie. ¿Te quieres casar con nosotros?

La mujer sonrió.

—¿Con los dos? Vaya, qué buena oferta —replicó sonriendo también. Una chispa de alegría le brillaba en los ojos—. La respuesta es sí. Me llamo Peyton Earnshaw y estaré encantada de casarme con vosotros.

Galen sintió que algo se despertaba en su interior. Su sonrisa, sus modales, su aroma... Todo se unió para formar algo muy poderoso dentro de él. Lujuria. Pura atracción física. Mucho más de lo que había esperado sentir al conocer a su futura esposa. La tensión que le había estado atenazando todo el día comenzó a remitir. Todo iba a ir bien. Se corrigió: todo les iba a ir bien.

Peyton había hecho muchas cosas por el periodismo de investigación, pero jamás se había casado. Cuando decidió hacer un artículo sobre Alice Horvath, se puso muy contenta al descubrir que, entre sus empleados, había una antigua compañera de universidad. Cuando supo que el nieto de la matriarca estaba buscando esposa, reclamó una antigua deuda y se aseguró la ayuda de Michelle para trucar el sistema y emparejar el perfil de Peyton con el del nieto. El hecho de que los resultados de los emparejamientos se pudieran manipular de aquel modo, parecía dar peso a la sospecha de que la empresa de Alice Horvath era un completo fraude.

Contuvo los nervios cuando, flanqueada por Galen Horvath y Ellie, se dirigió hacia el altar. Había estado dispuesta a cualquier cosa para conseguir su objetivo, incluso casarse con un desconocido, y allí estaba.

Trató de calmar los latidos de su corazón. Era muy consciente de la cálida fortaleza que emanaba de la mano de Galen. Solo era un hombre. Se trataba de uno de los muchos nietos de Alice Horvath. Podría haber sido bajo, alto, delgado, grueso, velludo… Sin embargo, era alto, más guapo que ninguno de los actores que hubiera visto en una película y exudaba un carisma que la atraía de un modo que no había esperado jamás. El contacto de su mano le estaba produciendo extrañas sensaciones en su interior, sensaciones que siempre se había enorgullecido de no sentir. Sensaciones de las que se había apartado por voluntad propia. No era una criatura ingenua con expectativas poco realistas. Por supuesto, sabía que una persona se podía enamorar, pero también sabía el dolor que una decisión alocada, realizada en un momento de debilidad, podía provocar. No pensaba volver a cometer ese error nunca más.

–¿Va todo bien?

Un suave susurro le acarició el oído cuando Galen se inclinó sobre ella.

–Estupendamente –respondió con una resplandeciente sonrisa que distaba mucho de sentir.

Galen cruzó la mirada con la de ella y la observó atentamente antes de esbozar una sonrisa que, literalmente, le cortó la respiración. Peyton se dijo que debería tener cuidado con el hombre que iba a ser su esposo. Ella recuperó la compostura y se colocó delante del maestro de ceremonias.

Dudó un instante al considerar que lo que había planeado hacer no solo afectaría al hombre con el que se iba a casar, sino también a la niña, que lo miraba a él con confianza y adoración.

Decidió que lo mejor sería no permitir que nadie, ni siquiera ella misma, empezara a sentir mucho apego. Tan solo tenía que preocuparse de eso. Cuando se publicara el artículo en el que se demostrara que Alice Horvath era una mujer cruel y manipuladora, nadie resultaría herido más que la mujer que había destruido al padre de Peyton y, a su vez, a toda la familia. Incluso al bebé al que ella se había visto obligada a renunciar.

Contuvo las repentinas lágrimas. No debía mostrar debilidad. Ese había sido siempre su mantra.

−¡Enhorabuena! −anunció el maestro de ceremonias con calidez y entusiasmo, como si aquella fuera una boda de verdad y ellos dos estuvieran planeando un futuro real juntos−. Os declaro marido y mujer. Puedes besar a la novia.

«Oh, no».

Peyton se quedó inmóvil cuando Galen le tomó las manos entre las suyas y se inclinó hacia ella. Se apoderó de Peyton un inminente sentimiento de inevitabilidad cuando se acercó y permitió que los labios de él rozaran los suyos. En realidad, fue mucho más que un roce. Fue una tentación. La suave presión de la boca de Galen le desbocó el pulso y, cuando ella separó los labios para protestar, según se quiso convencer a sí misma más tarde, él aprovechó la ocasión para saborearla con un experto movimiento de la lengua. Peyton debería haber dado un paso atrás, debería haberlo impedido, pero no fue así. En vez de eso, se acercó a él más si cabe y, como una boba adolescente enamorada, le devolvió al beso como si aquel fuera un matrimonio de verdad y los dos hubieran estado meses esperando aquel momento.

Cuando se retiró, se sintió algo descolocada, incluso turbada. Lo miró y vio la misma expresión dirigida a ella. En aquel momento, supo que mantener las distancias con Galen Horvath, su esposo, iba a resultar más complicado de lo que había esperado.

—¡Yupi, ya somos una familia! —exclamó Ellie muy emocionada mientras los abrazaba a ambos con sus delgados bracitos y apretaba con fuerza—. Ahora ya no puede ocurrir nada malo.

—¿Nada ma...? —intentó preguntar Peyton.

—Ya te lo explicaré más tarde. En estos momentos, hay que celebrar.

Y así lo hicieron. Se tomaron fotos con los invitados, entre los que estaban algunos de los amigos de Peyton de la facultad. Los Horvath se habían mostrado muy compasivos cuando ella les explicó que su madre había muerto cuando era una niña y que su padre no había podido asistir a la boda.

Cuando terminaron con las fotos formales, brindaron y comieron. Luego volvieron a brindar y bailaron. Mientras danzaba en perfecta sincronía con su pareja, Peyton no dejó de sonreír ni de comportarse como si aquello fuera exactamente lo que llevaba toda su vida deseando. Cuando las luces se apagaron y la música se transformó en una pieza muy romántica, Galen la tomó entre sus brazos y la llevó de nuevo a la pista de baile.

—¿No te cansas nunca? —bromeó Peyton—. Aún no te has sentado.

Él le dedicó una breve sonrisa antes de que la expresión de su rostro se volviera más seria.

—Solo quería explicarle lo que significaba la afirmación que hizo antes Ellie.

—Dímelo —le animó ella cuando Galen se quedó en silencio.

Creía no estar equivocada cuando le pareció ver que los ojos se le humedecían ligeramente. Entonces, él echó la cabeza hacia atrás y parpadeó con fuerza antes de volver a mirarla. Respiró profundamente y habló.

—Ellie está bajo mi tutela. Sus padres murieron en un accidente de coche. Eran mis mejores amigos.

A Galen se le quebró la voz mientras pronunciaba las últimas palabras. Peyton sintió una profunda compasión. Sabía lo que se sentía cuando el mundo, inesperadamente, se ponía patas arriba. Sin embargo, perder al padre y a la madre a la vez... Era una situación horrible hasta para considerarla. Esperó, porque no quería llenar el silencio que se había producido entre ellos con tópicos.

Galen siguió hablando.

—Creo que ha afrontado y superado su muerte muy bien. Al menos, mejor que yo. Ha tenido apoyo psicológico y no hemos cambiado nada de su estilo de vida que ella no quisiera cambiar. De hecho, fue idea suya que yo comprara una casa en su antiguo barrio para que los dos viviéramos en ella. Me dijo que estar en la casa que había compartido con sus padres la entristecía mucho.

—¿Y lo hiciste?

—Bueno, estamos en ello. Por el momento, nos alojamos aquí, en el apartamento que yo tengo en el hotel. Espero que tú puedas ayudarnos a elegir nuestra casa juntos.

—Nuestra casa juntos. Vaya. Me pides una cosa muy importante cuando nos acabamos de conocer, ¿no te parece?

Galen asintió.

—Es cierto, pero si vamos a hacer que nuestro matrimonio funcione, tenemos que vivir bajo el mismo techo, ¿no te parece? De todos modos –añadió, al ver que ella no comentaba nada al respecto–, pensé que nos iba bien a Ellie y a mí, pero un día me sorprendió. La encontré llorando en su habitación y cuando conseguí por fin llegar a la raíz del problema, me dejó sin palabras.

—¿De qué se trataba? –quiso saber Peyton.

—Me dijo que le aterraba lo que podría ocurrir si yo me moría como su mamá y su papá. Si se quedaba algún día completamente sola –contestó Galen. Respiró profundamente y miró a su alrededor. Cuando volvió a hablar, su voz era profunda e intensa–. Comprendí entonces que tenía que casarme, encontrar una esposa que quisiera compartir la vida de Ellie conmigo. Tenía que ayudarla a que se sintiera segura, amada y necesitada, tal y como sus padres le habían hecho sentir. Quiero ser completamente sincero contigo, Peyton. Este matrimonio no ha empezado del modo más tradicional, pero me gustaría pensar que podemos trabajar juntos para conseguirlo algún día. Los dos acudimos a Matrimonios a Medida con el mismo objetivo. Encontrar un compañero para toda la vida. Estoy siendo muy sincero contigo sobre los motivos que tenía para encontrar esposa. En estos momentos, Ellie es la persona más importante de mi vida, y haré lo que haga falta para hacerla feliz. Necesito saber que tu compromiso es también el mismo.

Capítulo Dos

Peyton no sabía dónde mirar ni qué pensar. La corroía la culpabilidad. Todo parecía estar escapándose a su control. No solo sentía que estaba luchando constantemente con sus instintos de dejarse llevar y disfrutar del hombre que tan capazmente la tenía entre sus brazos. Aquello no era tampoco lo que había supuesto que sería. Había esperado una unión sin complicaciones, la oportunidad de dejar expuesta a Alice Horvath y, al final, conseguir sacarle lo que su padre y su fallecida madre se llevaban mereciendo durante tanto tiempo.

Estaba casada. No era la boda con la que había soñado de niña, la boda en la que su padre la conduciría orgulloso al altar, sino la boda orquestada por una desconocida para que ella pudiera casarse con un desconocido. Había estado segura de que podría manejar la situación. No podía ser tan difícil...

Sin embargo, en un abrir y cerrar de ojos tenía una hijastra, y no se trataba de una hijastra cualquiera, sino de una niña que ya sabía muy bien lo dolorosas que puede ser una pérdida y cómo el mundo entero de una persona se puede poner patas arribas de la noche a la mañana. Peyton ya sentía un cierto cariño por la niña... ¿Cómo no iba a sentirlo? Ellie era una niña alegre, simpática y expresiva. Todo lo que la propia Peyton había sido con esa edad, excepto cuando su mundo se puso patas arriba y se cerró en sí misma. Entonces, no se había parecido en nada a Ellie. ¿Podría seguir con aquel matrimonio para luego marcharse sin causar daños colaterales? Lo dudaba. Estaba casada, tanto si le gustaba como si no, durante al menos tres meses bajo los términos del contrato que había firmado. Lo había hecho segura de que aquello sería una experiencia más, en la que escribiría su artículo y de la que se olvidaría sin mirar atrás.

Galen la estaba observando. Resultaba evidente que esperaba que ella respondiera. Él se había mostrado muy sincero con ella sobre lo que esperaba de aquel matrimonio y era justo que esperara lo mismo. Sin embargo, la sinceridad le estaba vedada a Peyton, aunque hubiera querido. Llevaba toda su vida adulta preparándose para aquel momento, para conseguir venganza por las infundadas acusaciones de Alice contra su padre, cuando ella le acusó de contabilidad inadecuada y apropiación indebida de fondos. Aquellas acusaciones habían manchado para siempre la carrera profesional de su padre y le habían hecho parecer indigno de la confianza de los posibles nuevos clientes. Tales acusaciones habían supuesto una tensión añadida a la ya precaria salud de su madre, que sufría esclerosis múltiple. Poco a pocos, habían ido consumiendo sus ahorros y habían tenido que vivir de la caridad de la gente y de los ingresos esporádicos de su madre. No habían podido pagar las facturas médicas que hubieran podido aliviar la enfermedad de su madre y habían terminado abandonando California para marcharse a Oregón, donde el coste de la vida era más bajo. Desgraciadamente, esto había alejado a su madre aún más del equipo médico que se había encargado de su cuidado.

Parte de la ira que había acicateado a Peyton a lo largo de su vida volvió a cobrar vida y la ayudó a bloquear en parte la culpabilidad que sentía hasta que esta se convirtió tan solo en una mera molestia.

—Me comprometí a casarme contigo y cumpliré con mi parte, Galen.

Él se tensó como si hubiera estado esperando escuchar más, pero Peyton no estaba dispuesta a mentir descaradamente ni a hacer falsas declaraciones. Estaba allí para realizar su trabajo: cerrar aquel capítulo de su vida y de la vida de su familia. Y había algo más. La niña a la que se había visto obligada a renunciar. Si sus circunstancias familiares hubieran sido diferentes, ella habría podido quedársela. Y solo había una persona responsable de aquellas circunstancias, y era la que se dirigía hacia ellos en aquellos momentos. Como no tenía ahorros para pagarse sus estudios, Peyton había tenido que pedir préstamos para poder ir a la universidad. A pesar de lo cuidadosamente que había calculado los números, no se podía permitir pagar comida, alquiler, materiales y cuidados para su hija además de afrontar las mensualidades del préstamo. Después de todos aquellos años, sus planes por fin se estaban haciendo realidad. No se podía permitir apartar la mirada de su objetivo por nadie.

—Supongo que eso es todo lo que te puedo pedir —dijo él—. Mira, aquí viene Nagy para conocer a su nueva nieta.

—¿Nagy? —le preguntó Peyton. Le repugnaba poder convertirse en nada que estuviera relacionado con Alice Horvath.

—Es una palabra húngara. Diminutivo de *nagy-mama,* que significa abuela.

Alice llegó hasta ellos. Aunque era de menuda y ligera constitución, su mirada parecía de acero y caminaba recta como un huso. Resultaba evidente que no soportaba tonterías. Se veía que la mujer que había controlado la Horvath Corporation durante muchos años después del fallecimiento de su esposo era formidable. Sin embargo, a medida que se había ido acercando, había empezado a aparecer una sonrisa en su rostro, una sonrisa que la dulcificaba y le daba una apariencia más accesible. Aquel no era el rostro del monstruo que Peyton siempre la había considerado.

Galen le rodeó la cintura con el brazo y ella, involuntariamente, se acurrucó contra él. A pesar de todo, tenía que comportarse como una recién casada. En realidad, tampoco le resultaba tan difícil. No se podía decir que Galen no fuera atractivo y, además, las firmes líneas de su cuerpo bajo el elegante traje que llevaba puesto le proporcionaban, contra todo pronóstico, una agradable sensación. Este hecho la confundía aún más.

—¡Enhorabuena a los dos! —exclamó Alice cálidamente. Se acercó a Galen y le dio un beso en la mejilla. Entonces, tomó las manos de Peyton entre las suyas—. Hacéis una pareja maravillosa. Estoy segura de que seréis muy felices.

Peyton sonrió o, ¿acaso fue más bien una mueca al encontrarse por fin frente a su némesis? No podía estar del todo segura.

—Gracias —consiguió decir, aunque su voz sonó tensa y poco natural.

—Somos todos un poco abrumadores, ¿verdad? —dijo Alice con una sonrisa—. Sin embargo, te acostumbrarás a nosotros. Todos se acostumbran.

«Por decreto de Alice Horvath», pensó Peyton con amargura. Todo el mundo terminaba acostumbrándose a ellos y siguiendo sus reglas. O seguramente terminaban marchándose. Se obligó a mantener la sonrisa en el rostro y respiró aliviada cuando Alice le soltó las manos y se centró de nuevo en su nieto. Peyton observó intrigada el genuino afecto que parecía haber entre ellos. No había fingimiento ni tensión en el cariño que se profesaban el uno al otro. Mientras los dos hablaban, Peyton miró a su alrededor. Casi parecía el banquete de una boda de verdad, con los invitados riéndose y bailando, comiendo y bebiendo. Sin embargo, Peyton se sentía completamente separada de todo aquello. No dejaba de preguntarse si, al aceptar aquel trabajo, estaba tratando de enfrentarse a algo que le venía grande.

Galen sintió el distanciamiento de su esposa y se apresuró a terminar la conversación con su abuela. Para él, era muy importante que Peyton sintiera que había tomado la decisión correcta. A Galen se le daba muy bien hacer que otras personas se sintieran bien con las decisiones que tomaban, sobre sí mismos, sobre él… Su objetivo era siempre el de agradar y ello le había proporcionado una posición de privilegio en su profesión y atraía hacia él a muchas personas. Sin embargo, le estaba dando la sensación de que con Peyton no le iba a resultar tan fácil. Notaba en ella cierta reserva, aunque se dejaba llevar por todo lo que ocurría a su alrededor sin dejar de sonreír. Galen estaba dispuesto a derribar aquel muro, aunque fuera ladrillo a ladrillo.

Le acarició suavemente la curva de la cintura, pero sintió que el cuerpo de ella seguía rígido. Tal vez aquel contacto fuera demasiado para empezar. Se dijo que debía soltarla, pero no sentía deseo alguno de hacerlo. Se sentía muy atraído por ella y, mentalmente, le dio a su abuela el visto bueno para aquel emparejamiento. Además, habría apostado cualquier cosa a que Peyton también se sentía atraída por él, aunque estaba haciendo todo lo posible por no demostrarlo. En cuanto el banquete terminara, todo sería diferente. Se podrían relajar. Pensó en el *resort* que tenía en Hawái y al que se iban a dirigir aquella misma noche en avión privado. Esperaba que allí, con la deliciosa brisa del mar y la hermosura del paisaje, Peyton se relajara un poco más y le permitiera conocerla mejor.

—Nagy, ¿nos podrías dejar solos a Peyton y a mí? Nos tenemos que marchar muy pronto. ¿Te importaría ocuparte de Ellie? La recogeremos antes de marcharnos al aeropuerto.

—Por supuesto. Será un placer. Ellie es un cielo. Cuando regreséis de la luna de miel, me encantaría que ella se quedara conmigo un fin de semana.

Alice se despidió de ambos con un beso en la mejilla y se fue a buscar a la niña.

—¿Ellie se va a venir con nosotros? —preguntó Peyton con una expresión de sorpresa en el rostro.

–Espero que no te importe. Ahora tiene vacaciones. Como no podíamos hablar antes de la boda, no te pude preguntar tu opinión.

–No, no me importa –respondió Peyton. En realidad, parecía profundamente aliviada.

¿Se debía aquella reacción al hecho de que no quería estar a solas con él y que, de ese modo, Ellie actuaría como una especie de carabina entre ellos? Galen se encogió de hombros. Fuera lo que fuera, no importaba mientras aquello saliera bien. A Ellie le gustaba su esposa. Era una niña muy inteligente y saber que Peyton le había caído bien suponía tener la batalla medio ganada. Si conseguían cimentar aquello en algo más fuerte y duradero, en una unidad familiar que le haría sentir amada y segura durante el resto de su infancia, Galen habría conseguido cumplir la promesa que les había hecho a sus dos amigos el día de su entierro. El fracaso no era una opción.

–¿Sientes curiosidad por saber adónde vamos?

–Doy por sentado que será a algún lugar cálido. Me dijeron que preparara una maleta con ropa de verano y trajes de baño.

–Está en un lugar en el que siempre hace calor. Nos marchamos a unos cuatro mil kilómetros al sureste de aquí –bromeó él.

–Te refieres al *resort* de Maui, ¿no?

–Veo que nos has estado investigando muy bien –respondió él, muy sorprendido ante una respuesta tan específica.

Las mejillas de Peyton se sonrojaron.

–¿Investigando? ¿Qué te hace pensar eso?

Sonaba a la defensiva. Ciertamente no como

Galen había esperado que sonara justo antes de que se marcharan a cambiarse para salir de viaje.

—Digamos que no estoy acostumbrado a que la gente esté tan bien informada sobre mi empresa como lo estás tú —dijo él tratando de tranquilizarla.

—La información es lo mío —replicó ella tranquilamente, con una actitud más relajada.

—¿A qué te dedicas?

—Soy periodista. Trabajo por mi cuenta.

—¿Escribes de viajes? Hemos salido en muchas revistas. Tal vez te has alojado con nosotros antes.

Peyton negó con la cabeza.

—No, nada de viajes. ¿No has dicho que teníamos que ir a cambiarnos?

El cambio de tema que realizó Peyton fue sutil. A pesar de que Galen se había dado cuenta perfectamente, decidió que tenían tiempo más que de sobra para conocerse mejor.

—Así es. Un helicóptero nos va a llevar al aeropuerto de Seattle dentro de una hora.

—A mí no me hace falta una hora para prepararme —respondió Peyton con una carcajada—. ¿Acaso parece que necesito tanta dedicación?

La risa de Peyton resultaba contagiosa. Era la primera señal de expresividad sin contención que había visto en ella. Deseaba más, quería ver a Peyton al natural, siendo ella misma.

—Bueno, tal vez podamos irnos antes, si no nos entretenemos mucho a la hora de despedirnos de nuestros invitados. No obstante, la hora de salida del avión no cambiará, dado que ya se ha presentado el plan de vuelo. Vamos a ir en uno de los aviones de la compañía.

–Así es como vive la otra mitad, ¿verdad? –replicó ella, aunque suavizó sus palabras con una sonrisa.

–Ahora tú eres parte de esa otra mitad. El vuelo durará aproximadamente seis horas desde que despeguemos.

–¿Qué hora será allí cuando lleguemos?

–En Hawái son tres horas menos que aquí, así que, si todo va bien, sobre las siete de la tarde.

–Va a ser un día muy largo para Ellie.

–Estará bien. Estaba acostumbrada a viajar con sus padres y puede dormir durante el vuelo si lo desea. Tú también, por supuesto.

Peyton sacudió la cabeza.

–Desgraciadamente, yo soy una de esas personas que no son capaces de dormir en un avión.

–¿Siempre en estado de alerta?

–Algo así. Bueno, en ese caso, supongo que es mejor que nos vayamos.

–Deja que te acompañe a tu habitación –dijo Galen mientras le agarraba el brazo–. ¿Quieres lanzar primero el ramo?

Peyton se encogió de hombros.

–Claro.

–En ese caso, dame un minuto para que lo organice.

–Iré a por el ramo.

Galen observó cómo ella avanzaba hacia la mesa principal, donde había dejado las flores. El suave contoneo de las caderas lo tenía totalmente hipnotizado.

–Bonita esposa –le dijo Valentin, su hermano, mientras se acercaba.

–Menos mal que tú ya tienes la tuya, porque si no, tendría que evitar que miraras a la mía.

–Y te aseguro que no la cambio por ninguna otra mujer en todo el mundo.

Galen escuchó la profunda emoción que se reflejaba en las palabras de Valentin. Imogene y él ya habían estado casados anteriormente y, hasta que Nagy no los volvió a unir por medio de una segunda boda gracias a Matrimonios a Medida, los dos habían sido muy infelices. Por fin, volvían a estar casados, para siempre en aquella ocasión, y Galen no podía evitar sentir cierta envidia. Deseaba poder llegar a experimentar la clase de relación que ellos tenían. Sin embargo, había tomado la decisión definitiva al respecto cuando accedió a convertirse en el tutor de Ellie y decidió que lo mejor era que encontrara una esposa para conseguir que la pequeña volviera a sentirse segura de nuevo. No estaba esperando un romance de cuento de hadas. Lo único que necesitaba era estabilidad para su pequeña pupila y esperaba poder encontrarla con Peyton.

–Peyton va a lanzar pronto su ramo. Necesito decírselo al maestro de ceremonias para que pueda hacer el anuncio.

–Ten cuidado con la estampida de primas –comentó Valentin, riendo. Entonces, su expresión se volvió más seria–. Galen, solo quería decirte en privado algunas palabras.

–Tú dirás.

–Solo tenemos una vida, así que tenemos que aprovechar al máximo cada minuto. Vas a encontrarte con algunos escollos en tu matrimonio, de eso no te quepa ninguna duda, pero tienes que estar preparado para afrontar y solucionar todos y cada uno de ellos.

—Ya sabes que eso no me asusta…

—Sí, lo sé. Te deseo una vida entera llena de felicidad.

Valentin le dio un fuerte abrazo a su hermano, que este le devolvió con igual intensidad.

—Gracias, Val —dijo. De repente, la voz se le había puesto ronca de la emoción—. Voy a hacer todo lo que pueda.

—Te va a hacer falta. Casarse con alguien a quien ya se conoce y se ama no siempre resulta fácil, pero casarse con una completa desconocida…

Galen miró hacia el lugar en el que Peyton había sido acorralada por algunas de sus tías.

—Sí, pero menuda desconocida, ¿no te parece?

Su hermano le dio una palmada en la espalda y soltó una carcajada antes de irse a buscar al maestro de ceremonias.

Valentin no se había equivocado sobre la estampida. Todas sus primas se reunieron con algunas mujeres que él nunca había visto antes y que, principalmente eran invitadas por parte de Peyton, preparadas para el momento en el que la novia lanzara el ramo. El jaleo que se montó resultó muy alocado y divertido, pero Galen se quedó asombrado cuando vio que su prima Sophia, que era experta en informática, fue la que salió triunfante. Entonces, se aprovechó del caos que se produjo a continuación para tomar a Peyton de la mano y, tras darles a todos las buenas noches, sacarla de allí.

—Ellie sabe que vamos a venir a buscarla, ¿verdad? —dijo Peyton. Parecía preocupada.

Galen se sintió muy conmovido por la preocupación que sentía por una niña a la que acababa de conocer.

–Por supuesto. Su maleta ya está en el helicóptero. Ella sabe que yo nunca la dejaría aquí. Mi primo Ilya y su esposa Yasmin la llevarán al helipuerto justo antes de que tengamos que despegar. Por ahora, es mejor que se divierta un poco con mis primos más pequeños.

–Tienes una familia muy grande –comentó Peyton.

–Sí. ¿Y tú? ¿Tienes hermanos o hermanas?

–No... Solo yo... Y mi padre –añadió.

–¿No ha podido venir hoy?

Los labios de Peyton adquirieron un gesto serio.

–Es difícil... Apenas nos hablamos. Preferiría no hablar al respecto.

Galen quería averiguar más detalles, pero con solo mirarla decidió que era mejor esperar para otra ocasión. Poco a poco, estaba dándose cuenta de que tendría que retirar muchas capas para llegar al corazón de la que era su esposa. Menos mal que él era un hombre paciente.

Capítulo Tres

Peyton se apartó el cabello del rostro por centésima vez. La brisa del mar parecía gozar enredándosele en el cabello, pero a ella no le importaba. Al menos, era cálida y suave, no húmeda y gélida como ocurría con tanta frecuencia en Washington. Después de su llegada la noche anterior, había estado tan cansada que apenas había prestado atención al lujo que le rodeaba. No sabía qué era lo que había esperado exactamente cuando Galen le dijo que iban a pasar la luna de miel en un *resort* de su propiedad, pero ciertamente no había sido algo así. No era un hotel dentro de los cientos de hectáreas que componían el complejo, sino de una enorme y luminosa mansión frente al mar. Se había sentido muy aliviada al descubrir que cada uno tenía su propia habitación y que podían disfrutar de una playa privada, en la que Ellie se distraía cavando en la arena y creando carreteras, fosos y túneles. Cada vez que la marea subía y destruía su duro trabajo, gritaba de felicidad.

–¿Quieres que te haga una trenza? –le preguntó Galen desde la otra hamaca.

–¿Tú? –replicó ella sorprendida por el ofrecimiento.

–Te diré que soy bastante hábil a la hora de peinar el cabello largo. Ni siquiera tengo que utilizar una aspiradora para hacerle una cola de caballo perfecta a Ellie.

—¿Qué has dicho?

—Míralo *online*, pero te diré una cosa. YouTube es maravilloso para aprender nuevas habilidades.

Peyton no pudo contener la risa al imaginarse a Galen utilizando una aspiradora para hacerle a Ellie una coleta perfecta. Tenía que reconocer que sentía curiosidad por ver cómo domaba su revuelto cabello.

—Está bien. Muéstrame tus habilidades —le dijo mientras se sentaba en la hamaca y le ofrecía la espalda.

—Vaya, esa no es una invitación que me hagan todos los días —repuso él bajando un poco la voz.

Sin que Peyton pudiera evitarlo, su cuerpo reaccionó con deseo. No sabía cómo describir aquella estúpida reacción ante un tono de voz, pero, de repente, fue extremadamente consciente del hombre que se colocaba a su espalda. Metió la mano en la bolsa de playa para sacar un cepillo.

—Tal vez quieras utilizar esto primero —comentó mientras se lo ofrecía—. Además, tengo una goma elástica en el mango.

Galen tomó el cepillo e, inmediatamente, comenzó a desenredarle el cabello con los dedos, tocándole el cuero cabelludo y rozándole la nuca con los dedos cuando comenzó por fin a cepillárselo. Peyton jamás hubiera pensado que el hecho de que un desconocido le peinara el cabello pudiera resultar tan erótico. Sin embargo, había algo profundamente sensual en el modo en el que Galen seguía cada pasada del cepillo con el tacto de los dedos sobre el cráneo. Le hacía querer suspirar de placer.

Cuando Galen terminó, ella sintió que había estado a punto de convertirse en masilla entre sus manos. Experimentó un momento de alivio por el hecho de poder alejarse de él para que Galen no pudiera ver el modo en el que los pezones se le habían puesto erectos contra la fina tela del bañador como respuesta a aquella inocente caricia. Sin embargo, cuando él comenzó de nuevo a deslizarle los dedos entre el cabello, Peyton sintió que cada músculo de su cuerpo se tensaba.

—¿Estás bien? No te estoy haciendo daño, ¿verdad? —le preguntó Galen.

Estaba tan cerca de ella que Peyton sentía su aliento en el hombro. Esto le hizo echarse un poco a temblar.

—Estoy bien —dijo ella tratando de controlar los sentimientos que se le reflejaban en la voz.

¡Galen simplemente la estaba peinando, por el amor de Dios! No la estaba seduciendo. ¿Cómo era posible que algo así pudiera estar creándole tal revolución en los sentidos? Fuera lo que fuera, tenía que controlarlo. Miró a Ellie y, durante un instante, envidió la libertad que la niña tenía de no importarle quién era o qué aspecto pudiera tener. Podría carecer por completo de preocupaciones y vivir el momento.

Galen comenzó a dividirle el cabello en secciones.

—¿Quieres la trenza hacia afuera o hacia adentro? —le preguntó.

—¿Cómo dices?

—La trenza. Que si la quieres hacia adentro, de

manera que quede plana, o hacia afuera, para que esté como en relieve.

—Jamás me hubiera imaginado que habría una diferencia.

—¿Tu madre no te las hizo nunca?

—Mi madre estuvo enferma durante mucho tiempo y mi padre, bueno, digamos que no pudo disfrutar del beneficio de los vídeos *online*.

Tragó saliva al sentir la oleada de emociones que se apoderó de ella. Durante su infancia, había habido días en los que su madre había podido ir a recibirla con un beso a la puerta de su casita de alquiler y otros en los que ni siquiera podía levantar la mano para limpiarse una lágrima de la mejilla. La enfermedad que la aquejaba le había pasado factura a ella y a todos los que la rodeaban y los recuerdos de aquellos duros años turbaban a Peyton profundamente.

—Además, ¿acaso importa? —le espetó, algo más bruscamente de lo que había sido su intención.

—En ese caso, te la haré hacia afuera. Mañana realizaremos la de cola de pescado, que es más complicada. Ahora, estate quieta. Tengo que concentrarme

Mientras la peinaba, Galen guardaba un completo silencio. Cuando terminó, le colocó las manos sobre los hombros. Tenía las palmas cálidas y los dedos suaves, pero para ella eran como hierros candentes sobre la piel.

—¿Estas admirando tu trabajo? —le preguntó ella.

—Algo parecido. ¿Sabías que tienes unos rizos muy suaves de cabello muy corto que te crecen en la nuca?

Peyton se echó a temblar mientras él se los tocaba y se enredaba uno de ellos en un dedo. El nudillo le rozó la parte posterior del cuello y le provocó un aluvión de sensaciones. ¿Quién hubiera imaginado que tenía la nuca tan sensible? Entonces, todo su cuerpo entró en estado de *shock* al sentir el contacto de los labios justo en el mismo sitio. Se levantó de la hamaca como movida por un resorte con la intención de crear distancia entre ellos. Cuando lo consiguió, se ajustó las gafas sobre la nariz y se volvió para mirarlo.

Galen le devolvió la mirada sin rubor alguno.

–Lo siento, no he podido contenerme.

Entonces, le dedicó otra de sus devastadoras sonrisas y se levantó de la hamaca. Se dirigió corriendo hacia el lugar en el que Ellie estaba creando una tortuga de arena. Peyton observó cómo se reunía con la pequeña con un entusiasmo que envidiaba. «Sin duda, es el alma de todas las fiestas a las que asista», pensó con un cierto toque de malicia. El encantador multimillonario que no había tenido preocupación alguna en su privilegiada vida. Nunca había tenido que regresar a su casa desde el colegio para encontrarse una casa completamente silenciosa y preguntarse si aquel sería el día en el que descubriría a su madre muerta en la cama. O el día en el que el sheriff llamara a la puerta para desahuciarles una vez más.

Sin embargo, trató de ser justa y se recordó que también había sufrido pérdidas. Las muertes de los padres de Ellie le habían afectado mucho. Además, cuando investigó sobre él, descubrió que había perdido a su padre en los primeros años de la adolescencia. Ese hecho debió de haber sido muy duro. Ta vez aquella manera tan despreocupada de comportarse era tan solo una actuación. Una actuación. Se encogió de hombros, recogió su pareo y se lo anudó a la cintura antes de ponerse unas chanclas para caminar por la playa y supervisar la escultura. Tanto si era una actuación como si no, no le importaba, porque no estaba allí para disfrutar de la compañía de Galen Horvath. Estaba allí para realizar su trabajo. No debía olvidarlo.

Era medianoche y Galen estaba mental y físicamente incómodo. Tendría que haber una ley sobre los trajes y las corbatas en los climas tropicales. Entró en la casa que iba a ser su hogar durante la luna de miel y se desató el nudo de la corbata.

–Menos mal que has regresado –dijo una voz seca y mordaz desde el sofá–. Estaba empezando a preguntarme si nos habrías dejado para siempre.

–¿Me has echado de menos? –replicó Galen. Se negaba a morder el anzuelo de Peyton.

Ella se había esforzado tanto por mantener las distancias con él que Galen había empezado a preguntarse si le echaría de menos cuando él tuviera que trabajar. Por supuesto, el hecho de tener que trabajar en la luna de miel no era algo ideal, pero el *resort* estaba a punto de firmar un acuerdo para realizar una importante expansión con un socio de ultramar y debía ocuparse de ciertas cosas.

–Ellie te ha echado de menos –dijo Peyton mientras se levantaba del sofá y se enfrentaba a él con las manos en las caderas.

Galen sintió que se le hacía un nudo en la garganta al mirarla. La luz que a sus espaldas hacía destacar su silueta y dejaba que las esbeltas líneas de su cuerpo de transparentaran por debajo del vestido. La había visto en traje de baño y ya sabía que tenía un cuerpo increíble. Pero verla así... Peyton era misterio y caos en un mismo paquete.

El tenso sonido de su voz le hizo volver a la realidad.

—Estaba empezando a preguntarme si te habrías casado conmigo tan solo para tener una niñera. Si ese es tu estilo como padre, tengo que decir que lo siento mucho por Ellie porque ella se merece algo mucho mejor.

¿Estaba insinuando que la pequeña se merecía un padre mejor? Galen sintió que la ira se apoderaba de él, pero, como siempre, logró controlarla y responder con una sonrisa.

—Ellie sabía que yo estaría liado todo el día.

—Eso no significa que no te haya echado de menos. Se pone muy nerviosa cuando no estás en casa. ¿No lo sabías?

La culpabilidad le golpeó con fuerza en el pecho. Lo último que quería era causarle a Ellie dolor.

—¿Qué es lo que quieres decir exactamente?

—Durante la cena, estaba muy tensa. No hacía más que preguntarme cuándo ibas a regresar. Traté de distraerla y dejé que me ganara a las cartas.

—¿Que la dejaste? —le preguntó con una ligera sonrisa. La niña era una fiera jugando a las cartas.

—Está bien, me dio una buena paliza. Cuando vio que tampoco llegabas cuando tuvo que irse a la cama, se disgustó mucho. Sentía pánico de que te hubiera ocurrido algo. No escuchaba nada de lo que yo le decía.

Galen asintió, aceptando que tenía que haberle dicho a la niña que no llegaría a casa hasta muy tarde. Aunque Ellie llevaba a su cuidado ya varios meses, Galen aún se estaba adaptando a su nueva responsabilidad. Sin embargo, llevaban ya tres días allí en Maui y le había parecido que Ellie estaba tan contenta con Peyton como con él y había dado por sentado que la pequeña estaría bien. Evidentemente, se había equivocado.

—Lo siento. Hablaré con ella mañana.

—¿Lo harás antes o después de tu próxima reunión de negocios?

Una pequeña semilla de esperanza cobró vida dentro de él. Tal vez Peyton estaba enfadada con él, pero estaba también firmemente del lado de Ellie y eso era precisamente lo que él había esperado desde el principio: casarse con una mujer que se sintiera cómoda en su papel maternal con Ellie.

—No habrá más reuniones de negocios, te lo prometo. No mientras estemos de luna de miel.

—Eso será hasta que surja la próxima emergencia y tengas que descargar de nuevo tus responsabilidades.

—No tengo por costumbre descargar nada. Siento que el hecho de cuidar de Ellie haya supuesto una carga tan grande para ti.

Las mejillas de Peyton se le tiñeron de un vivo color rojizo y los ojos parecían echarle chispas. Antes de que ella pudiera responder, Galen levantó una mano.

—Mira, lo siento. No debería haber dicho eso.

No debería haber asumido que tú cuidarías de Ellie cuando yo no pudiera.

—Ni siquiera me conoces —replicó Peyton. Una mueca afeó su hermoso rostro.

Galen se acercó a ella y le tomó una mano.

—Tienes razón. No te conozco. Todavía. Sin embargo, sé que eres de fiar. Si no lo fueras, no nos habrían emparejado.

Peyton asintió ligeramente.

—Estaba muy disgustada esta noche, Galen. Lo he pasado muy mal.

La compasión se apoderó de él y le apretó la mano ligeramente.

—Te sientes tan impotente, ¿verdad?

La ira que la había estado sosteniendo la abandonó de repente.

—Sí, y no me ha gustado nada. Siento si te lo he hecho pagar a ti, pero no te creas que voy a dejarte libre de culpa.

—Lo sé y os compensaré a las dos. Soy un hombre de palabra, Peyton. No habrá más trabajo durante las vacaciones.

—Gracias.

Peyton retiró la mano y comenzó a recoger sus cosas, entre las que había una serie de notas escritas a mano y un portátil.

—¿Estabas trabajando? —le preguntó él.

—Me puse cuando Ellie se metió en la cama, lo que fue hace tan solo un par de horas, porque estaba muy disgustada.

—No lo decía en ese sentido. No hay necesidad de que te pongas a la defensiva.

Ella levantó las cejas.

33

—Es cierto. Simplemente sentía interés. ¿Estás trabajando en un nuevo artículo?

—Yo no hablo de mi trabajo hasta que está publicado.

Peyton sujetaba sus cosas como si tratara de ocultarlas de la mirada de Galen. A él no le importaba, pero estaba haciendo que resultara muy difícil que ellos encontraran algo que tuvieran en común y sobre lo que pudieran hablar para poder empezar a conocerse. Hasta aquel momento, su familia y su trabajo estaban vedados. ¿Qué les quedaba? No mucho.

—Lo respeto. Tu trabajo es algo confidencial.

—Normalmente lo es, y este especialmente. No quiero mostrarme difícil. Es simplemente el modo el que yo trabajo. ¿De acuerdo?

—Como te he dicho antes, sin problemas. ¿Qué te parece si vas a guardar tus cosas para que yo no pueda ver nada y te reúnes conmigo en el jardín para tomar una copa antes de dormir?

Peyton dudó. Galen estaba empezando a prepararse para un no rotundo cundo ella, de repente, asintió y le dijo que volvería enseguida. Galen se quitó la americana y se sacó la corbata de debajo del cuello de la camisa. Valentin había estado en lo cierto. Lo de estar casado no era nada fácil, y mucho menos cuando se estaba casado con una desconocida.

El otro día, mientras le peinaba el cabello, le parecía parecido que habían alcanzado una cierta cercanía. Sin embargo, parecía que el hecho de que él se hubiera marchado a trabajar lo había tirado todo por la ventana y Galen volvía a estar en la casilla de salida. Tenía que conseguir que saliera bien también por Ellie. Se dirigió al dormitorio de la pequeña.

Galen entró en la habitación y se sentó con mucho cuidado en el borde de la cama. Ellie abrió inmediatamente los ojos.

–¡Estás en casa! –exclamó mientras se sentaba sobre la cama y le rodeaba el cuello con los brazos.

Galen sintió que se le hacía un nudo en la garganta y la abrazó con fuerza.

–Sí, ya estoy en casa, así que ya no tienes nada de qué preocuparte. Pensé que teníamos un trato. Se supone que tienes que hablar conmigo sobre las cosas que te hacen sentir mal.

–Lo sé –susurró la niña mientras se apartaba ligeramente–. Es que es difícil cuando no estás.

–Siento haber estado tanto tiempo fuera de casa hoy. No volverá a ocurrir mientras estemos de vacaciones, te lo prometo. Y te voy a prometer también otra cosa. Me aseguraré de que jamás estés sola y que, quien esté contigo, me pueda mandar un mensaje en cualquier momento.

–¿Incluso cuando estás en una reunión importante?

–Incluso entonces. Nada ni nadie es más importante para mí que tú. Siempre estaré a tu lado.

–Vale –susurró la niña con un bostezo.

–Ahora, duérmete otra vez, jovencita. Mañana es un nuevo día.

–Gracias, Galen. Te quiero mucho.

–Yo también te quiero mucho, mi niña.

Galen le dio un beso en la frente y se levantó de la cama. Cuando llegó a la puerta, Ellie ya estaba dormida. La miró tiernamente. Tenía el corazón lleno de tanto amor por la pequeña que algunas veces le dolía. Momentos como aquel reafirmaban que había hecho lo correcto al casarse con Peyton. Ellie había soportado más dolor en su corta vida de lo que ningún niño de su edad debería sufrir. Se merecía una familia que la amara y la apoyara a lo largo de su vida. Solo esperaba que la actitud de Peyton sobre Ellie aquella noche demostrara que ella sentía exactamente lo mismo.

Capítulo Cuatro

Peyton regresó sigilosamente a su dormitorio, preocupada de que pudieran sorprenderla escuchando la tierna conversación entre Galen y Ellie.

Tomó un pañuelo de papel para secarse las lágrimas. Los dos parecían tener una relación muy especial y, por alguna razón, eso la hacía sentirse como si estuviera en un segundo plano. Siempre había sido la que quedaba fuera de todo desde la vergüenza que supuso el despido de su padre de Horvath Corporation. Cuando se mudaron a la costa de Oregón, tampoco había encajado. Cuando se marchó a Washington a estudiar le había ocurrido lo mismo, un hecho que repercutió en su favor cuando ocultó su embarazo y la posterior adopción de su bebé. Por lo tanto, quedarse fuera era algo natural para ella.

Decidió cortar aquellos pensamientos antes de que la volvieran loca. Había tomado su decisión, la mejor para su hija en aquellos momentos. Incluso en los años posteriores a la adopción no podría haber mantenido a ningún niño. Por supuesto, las cosas habían cambiado. En ocasiones, su trabajo le suponía una muy buena fuente de ingresos. El cheque por el artículo sobre Alice Horvath sería muy importante. Horvath Corporation era una empresa global, pero la empresa en sí misma jamás había sido el objetivo. Solo Alice. Ella había sido la que, arbitrariamente, había destruido la carrera del padre de Peyton y, consecuentemente, todo lo que había sido de importancia para Peyton.

«Tienes que seguir centrada», se dijo. Debía sellar sus sentimientos tras la puerta virtual que siempre le había servido bien. No tenía tiempo de pensar en la niña a la que había tenido que renunciar ni en el hecho de estar en un segundo plano. Tenía que hacer su trabajo y lo iba a hacer. Cuadró los hombros y se miró al espejo mientras asentía.

La noche era cálida y fragante con el aroma del franchipán. Respiró profundamente y suspiró.

—¿Es siempre tan maravilloso este lugar? —preguntó.

—Sí. Incluso cuando hace mal tiempo, este lugar tiene una belleza salvaje que me llega muy dentro y me tranquilizada en lo más profundo de mi ser. Es mi refugio cuando la vida se complica demasiado.

—No tenía ni idea de que necesitabas un refugio —comentó ella mientras se sentaba en una silla y miraba hacia el mar, teñido de un azul profundo.

—Todo el mundo lo necesita de vez en cuanto. Es una especie de mecanismo de supervivencia.

—En ese caso, tú eres más afortunado que la mayoría por poder disponer de un lugar como este —dijo ella extendiendo el brazo para abarcar todo lo que les rodeaba—. Siento lo de antes —añadió—. Me refiero a lo de haber sugerido que descuidabas tus deberes hacia Ellie.

—Disculpa aceptada.

—Estaba enfadada porque yo también te echaba de menos.

¿A qué había venido eso? Peyton tragó saliva. No se podía creer las palabras que acababa de pronunciar. Sin embargo, eran ciertas. Estaría mintiendo si no admitía que querría arrojarse a sus brazos.

—Me siento halagado —respondió Galen bajando ligeramente la cabeza.

¿Era rubor lo que se veía en sus mejillas? Era imposible que Peyton lo hubiera avergonzado con su inesperada sinceridad.

—¿Qué me recomiendas que tome?

—Lo que te apetezca. A mí me gusta relajarme con un buen coñac de vez en cuando, pero una crema de whisky irlandés con hielo también funciona.

—Entonces, una crema de whisky con hielo.

Peyton observó cómo Galen se dirigía a la pequeña barra. Todos sus movimientos eran muy masculinos, pero elegantes al mismo tiempo. Inesperadamente, sintió que la necesidad la atenazaba por dentro. Parecía que, por mucho que se reprendiera, su cuerpo tenía un objetivo muy distinto.

Mirar al mar era una opción mucho más segura que observar a su esposo, por lo que centró su mirada en el agua. El tintineo del hielo contra el cristal de un vaso anunció la llegada de Galen.

—Háblame de ti —le dijo él mientras le entregaba su copa. Acercó su silla a la de ella y se sentó.

Peyton se dio cuenta de que estaba tan cerca que, con un ligero movimiento de los pies, conseguiría tocarlo. Aceptó la copa sin poder dejar de pensar que, con un mínimo esfuerzo, podría deslizarle el pie por la pantorrilla e incluso aún más arriba. Para evitarlo, encogió los dedos para no dejarse llevar por la imaginación.

—¿Y qué es lo que quieres saber? —comentó antes de dar un sorbo a su bebida.

—¿Dónde creciste?

—Primero en California y luego en Oregón.

—Yo también me crie en California, no lejos de Santa Bárbara. ¿Y tú?

—No, yo allí no —mintió—. ¿Se espera que todos los miembros de tu familia trabajéis para Horvath Corporation? —le preguntó para cambiar el tema.

—No necesariamente, pero todos nos beneficiamos de los éxitos de la empresa, por lo que tiene sentido que también contribuyamos. Algunos de mis primos trabajan en otro sitio, como Dani. Ella es veterinaria en Ojai. Pero espera un momento. Se suponía que me tenías que hablar de ti.

Peyton consiguió fingir sentirse avergonzada.

—Lo siento. Tengo la costumbre de hacerme cargo de las conversaciones. Gajes del oficio.

Había ido demasiado lejos y demasiado rápidamente. Se apresuró a aligerar el ambiente.

—Tienes una gran familia. ¿Habéis estado siempre tan unidos? No me imagino lo que es eso. Una parte de mí te envidia. La otra parte se horroriza al pensar que tendría que compartirlo todo con todo el mundo sin tener nada de intimidad.

Galen se echó a reír.

—Bueno, la única cosa, o, mejor dicho, persona, que hemos tenido que compartir siempre es a Nagy y a nuestro abuelo, cuando aún estaba con vida. Todos vivíamos muy cerca, por lo que era normal que nos encontráramos en el colegio o en las actividades deportivas. Todos los domingos, Nagy nos invitaba a comer y a visitarla. Y sigue haciéndolo. Está muy bien estar con la gente que sabes que siempre te apoyará, pase lo que pase.

—Eso debe de ser muy agradable —dijo Peyton con una cierta envidia.

La amargura de su padre con las circunstancias de su propia vida le convertía en un hombre con el que resultaba difícil convivir. Peyton no se cansaba de esperar volver a ver destellos del hombre que había sido antes de que lo echaran de Horvath Corporation, el hombre que jugaba con ella antes de cenar y que la metía en la cama por las noches. Cuando a la madre de Peyton le diagnosticaron esclerosis múltiple, cambió por completo. Se convirtió en un hombre distante, su amargura se había convertido en un rasgo intrínseco de su personalidad.

—Estás sumida en tus pensamientos —dijo Galen.

—Sí, y no son muy agradables. Mi infancia fue muy diferente de la tuya. Mi madre se puso enferma cuando yo estaba aún en primaria. Las cosas cambiaron en casa. Entonces, cuando nos mudamos a Oregón, ella empeoró.

—Lo siento mucho.

Aquellas palabras, tan sinceras, le llegaron al corazón. Galen era un buen hombre. Empático sin resultar entrometido.

—De eso hace ya mucho tiempo. Salí adelante.

—¿Y qué te hizo querer ser periodista?

Peyton se echó a reír.

—Volvía locos a mis padres con incesantes preguntas para saber el porqué de las cosas. Esa necesidad de saber y de dejar todo al descubierto nunca me ha abandonado.

—Eso explica el estilo tan interrogatorio que tienes —bromeó él.

—¡Eh! Ya me he disculpado por eso.

—No pasa nada. Está bien que las personas sean apasionadas por lo que hacen.

Apasionada... A Peyton no le costaría ningún trabajo ser apasionada con él. Galen sabía escuchar, era muy atractivo y le había hecho desear cosas que nunca había deseado. Peyton no se entregaba por completo. Físicamente, no tenía problema, pero en cuanto a los sentimientos... Sin embargo, con Galen, ya había empezado a abarcar todos ellos.

Hizo girar el hielo dentro del vaso y se lo llevó a los labios para terminar su bebida.

—Bueno, me siento algo cansada. Creo que es hora de dar por terminado el día.

—Sí, yo también. Gracias por ayudarme a relajarme. Te lo agradezco mucho. Vayamos a dormir para poder aprovechar mañana al máximo.

—¿Qué estabas pensando para mañana?

—Tal vez podamos dejar que Ellie planee el día.

—Perfecto. Buenas noches —dijo mientras se levantaba.

Captó el ligero aroma de su colonia y sintió que su cuerpo reaccionaba. Lo único que tenía que hacer era detenerse en seco y volver a mirarlo porque no le quedaba duda alguna de que él haría el resto. Sin embargo, siguió andando hasta que llegó a su dormitorio. El corazón le latía con fuerza en el pecho al cerrar la puerta y apoyarse contra ella.

Se preparó para meterse en la cama. Mientras lo hacía, la palabra «no» se repetía constantemente en su cabeza.

Capítulo Cinco

–¡Venga, dormilonas! –exclamaba Galen mientras llamaba primero a la puerta de Ellie y luego a la de Peyton–. Hace un día precioso. Aprovechémoslo al máximo.

–¡Yo estoy lista! –replicó Ellie mientras salía saltando de su dormitorio y abrazaba a Galen por la cintura para darle un gran abrazo.

A Galen se le formó un nudo en la garganta. Ellie había pasado por tanto y, a pesar de todo, su fuerza no dejaba de sorprenderle.

–¿Y para qué estás lista exactamente, pequeña? –le preguntó él devolviéndole el abrazo.

–¡Para ir de compras!

–¿Quieres ir de compras hoy? ¿A algún sitio en particular?

–A Ala Moana –respondió ella muy emocionada–. Y luego a almorzar a la playa de Waikiki.

–A mí me parece un plan maravilloso –respondió Galen con una sonrisa.

Se recordó que debía reservar un helicóptero para que los llevara a Oahu después de desayunar. Ellie preguntó:

–¿Qué tenemos para desayunar? ¿Y dónde está Peyton?

–Leilani está preparando tortitas. ¿Quieres ir a ayudarle? Yo iré a ver qué está haciendo Peyton.

–¡Tortitas! ¡Mis favoritas!

La niña se marchó como una bala. Algunos días, Galen se preguntaba cómo iba a poder seguirle el ritmo. Se dirigió hacia el dormitorio de Peyton y llamó a la puerta. Cuando no hubo respuesta, abrió con mucho cuidado la puerta. La cama estaba vacía y las sábanas enredadas como si no hubiera podido descansar bien. El ordenador portátil estaba abierto sobre el escritorio. «Tal vez ha estado trabajando durante la noche», pensó mientras entraba en el dormitorio y se dirigía hacia el escritorio. Se sobresaltó al escuchar que la puerta del cuarto de baño se abría a sus espaldas.

–Galen, ¿qué estás haciendo aquí?

–Siento invadir tu intimidad –se apresuró a decir–. Espero que estés visible.

–Lo suficientemente visible –replicó ella desde muy cerca.

Peyton extendió el brazo y cerró el ordenador antes de que él pudiera leer lo que había en la pantalla. La piel desnuda aún estaba cubierta de gotas de agua de la ducha. Galen sintió que se le secaba la boca por la necesidad de lamer aquellas gotitas de la delicada piel.

–Ellie se ha ido a desayunar. Solo quería asegurarme de que estabas levantada –dijo él mientras se daba la vuelta para mirarla.

–Como ves, lo estoy.

Iba envuelta tan solo con una toalla. Esta era enorme, pero el hecho de saber que ella estaba desnuda debajo de ella, provocó que todas las células de su cuerpo se pusieran en estado de alerta.

–Yo… bueno, te dejo para que te vistas. Creo

que despegaremos dentro de cuarenta y cinco minutos.

—¿Despegaremos?

—Ellie ha decidido que quiere ir de compras y después ir a almorzar en la playa de Waikiki.

Peyton sacudió la cabeza ligeramente.

—¿Tienes dudas de lo de hoy? —le preguntó.

—No, es que no me puedo acostumbrar a la idea de que puedes ir de isla en isla según te apetezca. No me hagas caso.

Pero Galen sí se lo hacía. Un caballero la hubiera dejado a solas para que se secara y vistiera. Él no quería ser un caballero en aquellos momentos.

—Quédate a mi lado y te acostumbrarás a todo —bromeó.

Peyton sonrió, pero él notó que la sonrisa no se le reflejaba en los ojos. Además, tenía unas profundas ojeras. Parecía agotada. Sin pensar, levantó una mano para enmarcarle el rostro.

—¿No has dormido bien?

—¿Estás tratando de decirme que parezco una bruja?

Él se echó a reír.

—Eso sería imposible, pero sí que pareces cansada. ¿Va todo bien?

Peyton cerró los ojos durante un instante. Entonces, le miró directamente a los de él.

—Todo bien. De verdad. Anoche tenía muchas cosas en la cabeza, por lo que, efectivamente, no pude dormir muy bien. Por eso decidí trabajar un poco.

—Pero para hoy estás bien, ¿verdad?

—No me lo perdería por nada del mundo.

—De acuerdo. Te dejo para que te vistas. Es mejor que vaya a asegurarme de que Ellie no se come todas las tortitas.

Peyton asintió y regresó al cuarto de baño. Galen la observó. Aquella mujer era un enigma. Y su esposa. Era tan diferente de lo que había esperado... ¿En que había estado pensando Nagy cuando dio su aprobación a aquel emparejamiento? Físicamente, los dos encajaban muy bien juntos. Pero, ¿y bajo la superficie? No resultaba fácil conocerla y, a veces, él se sentía como si ella no quisiera que Galen supiera quién era en realidad. Si era así, ¿por qué se había querido casar? Si no se podía encontrar ese terreno común porque uno de los miembros de la pareja se negaba a revelar nada sobre su persona, ¿por dónde se podía empezar?

Galen se reunió con Ellie en la cocina. Peyton no tardó en reunirse con ellos. Le acarició el cabello a Ellie y se sentó a la mesa junto a ellos.

–¿Me habéis dejado alguna tortita?

–¡Por supuesto que sí! Y también beicon. ¿Te gusta el beicon?

–Todo es mucho mejor con beicon –respondió Peyton, asintiendo con entusiasmo.

Galen sonrió. Aunque no hacía mucho tiempo que se conocían, Ellie y Peyton parecían haber formado ya un vínculo y eso hacía que él se sintiera menos solo en aquel nuevo viaje. Nunca se había permitido enamorarse de nadie. Sin embargo, con Ellie había sido diferente. Había tomado aquel cuerpecillo indefenso entre sus brazos y había sabido que, durante toda su vida, estaría a su servicio.

Observó cómo Peyton y Ellie interactuaban mientras tomaba café y se preguntó si aquel amor podría crecer también hacia aquella mujer. La atracción sí que lo había hecho. Incluso en aquellos momentos, era muy consciente de su presencia y prácticamente no podía apartar los ojos de ella mientras desayunaba.

–¡Llamando a Galen, llamando a Galen! –exclamó de repente la voz de Ellie, entrometiéndose en sus pensamientos–. ¿Sabes que estás mirando fijamente? Mi mamá siempre me decía que eso no es de muy buena educación.

–Y tenía razón, excepto cuando un hombre mira fijamente a su esposa –replicó el mientras dejaba la taza sobre la mesa. Se sentía algo avergonzado de que una niña de nueve años lo hubiera dejado en evidencia y miró a Peyton–. ¿A qué sí, Peyton?

–Supongo que sí. La verdad es que no lo había pensado.

En aquel momento, el teléfono de Galen vibró, distrayéndole de la conversación.

–Perdonadme, chicas. Creo que es para recordarme que nuestro helicóptero nos está esperando en el helipuerto dentro de unos quince minutos. ¿Os da eso suficiente tiempo para que os terminéis de preparar?

–Yo ya estoy preparada –declaró Ellie–, aunque no tengo dinero. Va a ser difícil comprar nada sin dinero, ¿verdad?

–De eso me ocuparé yo –le aseguró Galen–. Lo primero, iremos a un cajero y te daré una paga para que te lo puedas gastar en lo que quieras.

Peyton frunció el ceño y, por un momento, pareció que quería decir algo.

–¿Qué pasa? –le preguntó él cuando Ellie se hubo marchado a lavarse los dientes.

–No es nada.

–Pues a mí no me lo parece. Parece que no apruebas que le dé a Ellie su paga.

–Solo me estaba preguntando cómo va a aprender el valor del dinero si simplemente se lo das.

–¿Acaso crees que necesito hacer que se lo gane? Me parece algo mezquino cuando estamos de vacaciones, ¿no te parece?

–Mira, no me correspondía a mí decir nada, pero tú me lo has preguntado.

–Sí, y no te preocupes. Esto es algo excepcional, pero ella no recibirá dinero siempre que quiera. En mi caso fue así y quiero pensar que mis padres me dieron un buen ejemplo que puedo seguir con Ellie.

–Veo que te he ofendido, así que discúlpame.

–No pasa nada. Tienes que saber que puedes hablar sobre todo lo que quieras, Peyton. Somos una pareja. Deberíamos aprender a hablar de todos los temas. A medida que vaya pasando el tiempo, aprenderemos a tomar decisiones juntos. Todo esto es nuevo para los dos.

Peyton apartó la silla y recogió su plato y sus cubiertos.

–Tienes razón. Mi reacción ha sido exagerada. Yo solo…

–¿Solo qué? –le preguntó.

Sin embargo, ella volvió a sacudir la cabeza.

–No, no es nada. Mi infancia fue muy diferente, eso es todo.

Peyton se marchó y, una vez más, Galen se quedó observando cómo ella se cerraba en banda con él. Parecía estar convirtiéndose en una costumbre. Justo cuando Galen pensaba que estaba haciendo progresos, Peyton se cerraba. Eso hacía que él quisiera esforzarse aún más para comprender cómo era su esposa... Y Galen podía ser muy insistente.

Peyton observó cómo Ellie iba saltando delante de ellos mientras paseaban por la blanca arena de la playa de Waikiki. Las compras habían ido bastante mejor de lo que ella había esperado.

—He hecho una reserva en ese restaurante —le indicó él mientras señalaba un lugar en la playa—. Espero que las dos tengáis hambre.

—Sí —respondió Peyton.

—¡Galen! ¡Mira! —exclamó la pequeña—. ¿Podemos hacer eso después de almorzar?

Ellie estaba señalando a un muelle que salía desde la arena.

—¿Qué es? —preguntó él.

—Ese barco te lleva a un submarino y bajas muchos metros dentro del agua. ¿Podemos hacerlo, por favor?

—No creo que... —empezó Peyton.

—Claro —dijo Galen al mismo tiempo.

—No estás hablando en serio, ¿verdad? —dijo Peyton.

—Por favor, Peyton... Será muy divertido —suplicó Ellie mientras señalaba el tablón de anuncios donde se mostraban fotos de la experiencia—. Por favor...

—Lo podéis hacer vosotros sin mí —insistió ella.

Se hizo el silencio entre ellos. Peyton podía sentir la desilusión de Ellie. Cuando el maître del restaurante les acompañaba a su mesa, Galen le tiró del brazo a Peyton e hizo que se retrasara un poco. Ellie los miró.

—Déjame hablar con Peyton un momento. Tú vete a la mesa, Ellie. Nosotros iremos enseguida –le sugirió Galen a la pequeña–. No te preocupes. Yo estoy pendiente de ti.

Peyton sintió que su cuerpo entero se tensaba. ¿Qué era lo que él planeaba hacer? ¿Persuadirla para que tuviera que hacer lo que Ellie quería hacer? Esperaba que no.

—Mira, podéis ir los dos juntos. A mí no me importa esperar en la playa.

—No, si lo hacemos, lo haremos todos. ¿Me puedes decir por qué tienes tanto miedo?

—Yo no tengo miedo.

—No me mientas, Peyton. Vi cómo reaccionaste en el momento en el que Ellie lo sugirió. Es completamente seguro, ¿sabes? Hacen este tipo de cosas en muchos sitios por aquí.

—Y estoy segura de que no les importará que yo no participe de ellas.

—No quieres desilusionar a Ellie, ¿verdad?

Peyton lo miró con desaprobación.

—Ella no se sentirá desilusionada si la llevas tú, ¿no te parece?

—Pues ayer parecía que lo que querías era que pasáramos tiempo los tres juntos. ¿Te acuerdas?

—El hecho de que tú te pasaras todo el día en el trabajo no se puede comparar con el hecho de que yo me quede en la playa mientras tú y Ellie hacéis este tipo de cosas.

—Dime una cosa, Peyton. ¿Qué es lo que te da

tanto miedo? Me pareces una mujer muy valiente, una mujer que no deja que nada se interponga en su camino. Después de todo, accediste a casarte conmigo sin verme.

–Esto no es lo mismo...

Peyton observó cómo él saludaba con la mano a Ellie, a la que habían acomodado en una mesa cobijada bajo una sombrilla. La niña los miraba fijamente.

–Deberíamos ir con ella –dijo Peyton, que estaba ansiosa por terminar la discusión.

–¿Por qué no me lo dices? –insistió Galen en voz baja–. ¿Tan malo es?

Ella se echó a temblar a pesar de la cálida temperatura y trató de no pensar en el incidente ocurrido poco después del diagnóstico de su madre y que le hacía sentir pánico en los espacios cerrados.

–Está bien. Lo haré.

–No tienes que decirlo como si yo te estuviera llevando al matadero.

–He dicho que lo haré, ¿de acuerdo?

–Yo estaré a tu lado. No te arrepentirás.

Peyton lo dudaba. Al menos, esperaba no hacer algo que la dejara en evidencia. Verse encerrada en un antiguo frigorífico por los niños de los vecinos cuando era una niña, la sensación de sentirse encerrada en la oscuridad y sentir cómo el oxígeno le iba faltando en los pulmones había sido una experiencia horripilante. Sin embargo, en lo único en lo que podía pensar era en lo que su padre le había dicho la noche anterior, que su madre se iba muriendo lentamente y que, un día, le tendrían que decir adiós, por lo que deberían aprovechar cada minuto que ella tuviera de vida. Pensar en su madre en un ataúd, sin luz y sin aire, le había dado tanto miedo que había empezado a golpear frenéticamente la puerta. Entonces, ocurrió lo impensable. Cuando empezó a creer que iba a morir, se orinó encima, un hecho que no se pasó por alto cuando, por fin, los otros niños la dejaron salir.

La vergüenza de aquel momento había sido terrible, pero la desaprobación de su padre cuando salió corriendo para irse a su casa y contarle lo que le había ocurrido había sido aún peor. Aún podía ver el asco en su rostro. No le interesó por qué. No le interesó secarle las lágrimas. Le dijo que fuera a lavarse y que se asegurara de que aquello nunca volvía a ocurrir. Y así había sido. Peyton había evitado los espacios cerrados desde entonces.

—Vamos —le dijo Galen tomándola de la mano—. Vamos a comer.

—No me parece que sea buena idea antes de meternos bajo el agua, ¿no te parece? —dijo medio en broma, aunque, en realidad, no dejaba de preguntársele cómo iba a poder tragar nada de lo que se metiera en la boca.

—Bueno, los marineros lo hacen constantemente. Todo saldrá bien, confía en mí.

—¿Que confíe en ti? Pero si apenas te conozco.

—Pero estamos trabajando en ello, ¿verdad? Estamos construyendo juntos nuestros recuerdos. Conociéndonos. De eso se trata, ¿no?

Tal vez para parejas normales con una relación normal fuera así. Sin embargo, el motivo que había llevado a Peyton hasta allí distaba mucho de ser normal. Haría bien en no olvidarlo.

Capítulo Seis

Galen había comprendido que a ella no le gustara la idea de meterse en un submarino. Todo el mundo tiene miedo a ciertas cosas, pero él había subestimado el nivel de terror en estado puro que Peyton iba a experimentar. Durante todo el trayecto, su cuerpo había estado completamente rígido al lado del de él. Tenía las manos agarrotadas sobre las rodillas. Mientras Ellie contemplaba el mundo submarino con los ojos abiertos de par en par, Galen no había podido dejar de mirar ni un solo instante a Peyton. Al final, le había tomado una mano entre las suyas y había comenzado a acariciar suavemente los nudillos, que estaban blancos por la tensión. Poco a poco, sintió que la tensión se iba aliviando dentro de ella, pero en ningún caso llegó a relajarse por completo.

Cuando regresaron a la casa, bajaron a la playa para bañarse allí como todas las tardes. Sin embargo, Peyton se limitó a quedarse en la playa, oculta tras unas enormes gafas de sol, mientras que Galen y Ellie retozaban en las olas. Cuando Ellie se cansó de nadar, Galen la envió a la casa para que ayudara a Leilani a bajar unas bebidas y unos aperitivos a la playa. Cuando la niña se marchó, Galen se sentó sobre la arena junto a la hamaca en la que Peyton estaba sentada.

–¿Te encuentras bien? –le preguntó. La miró y se dio cuenta de que no parecía estar más relajada en aquellos momentos de lo que lo había estado en el barco.

–Sí –dijo ella secamente.

–¿Significa eso que estás muy bien o solo bien?

–Estoy bien, ¿de acuerdo?

–Hoy has sido muy valiente –comentó él.

–Eso no es verdad. Estaba aterrorizada.

–Pero lo hiciste de todas maneras.

–Bueno, no ibas a llevar a Ellie a menos que yo fuera también, así que no me quedó más remedio.

–Lo siento. No debería haberte hecho pasar por eso.

–No. No deberías haberlo hecho.

–Peyton, ¿por qué tenías tanto miedo?

–Ya te lo he dicho. No me gustan los espacios cerrados.

–El avión que nos trajo hasta aquí es un espacio cerrado. El helicóptero que nos llevó a Waikiki es un espacio cerrado. ¿Por qué el submarino?

Peyton se echó a temblar. Tomó su pareo y se lo colocó sobre los hombros como si de verdad tuviera frío.

–Iré a ver si puedo ayudar a Ellie.

Se levantó de la hamaca, pero, antes de que pudiera ponerse de pie, Galen la detuvo.

–No, quédate, por favor. Leilani la ayudará. ¿Por qué no te quieres abrir conmigo, Peyton? Somos marido y mujer. Se supone que debemos aprender a comprendernos el uno al otro. Si no me permites que te comprenda, ¿cómo podremos hacer que nuestro matrimonio funcione?

La miraba fijamente, viento cómo los sentimientos se reflejaban en aquellos ojos azules grisáceos. Ella tenía el cuerpo tenso y los puños apretados, igual que en el submarino.

–Solo hace cuatro días que nos conocemos, Galen. No puedes esperar conocer inmediatamente todos mis secretos. Una mujer necesita un cierto misterio a su alrededor.

–El misterio es una cosa. Lo que tú haces sea probablemente nivel de espía número 10.

Ella se echó a reír. Galen sintió que su cuerpo entero reaccionaba ante aquel sonido. Sentía un profundo gozo por haber provocado una sonrisa en aquel hermoso rostro. Una reacción profunda y mucho más intensa le hacía desear tomarla entre sus brazos y trazar la línea de la clavícula con los dedos y luego con los labios.

–¿Nivel de espía número 10? ¿Qué tienes, doce años?

–Está bien. Creo que el número 10 es demasiado alto. Tal vez el 6… Ahora en serio, Peyton. Quiero llegar a conocerte, a comprender lo que sientes. A hacerte feliz.

Un ligero rubor tiñó las mejillas de Peyton. Ella parpadeó y tragó saliva antes de apartar el rostro hacia el otro lado.

–Mírame, Peyton. No sigas escondiéndote de mí.

Lentamente, ella giró el rostro hacia él. Galen le tocó suavemente la mejilla con un dedo.

–No quería disgustarte –le dijo suavemente mientras capturaba una lágrima que se le estaba deslizando por el rostro.

–No eres tú. Soy yo. Tan solo estoy cansada,

nada más. Mira, tuve una mala experiencia de niña. Como parte de un juego, me encerraron en un viejo frigorífico. A mí me entró el pánico y me provocó mucha angustia en lo que se refiere a estar encerrada en espacios muy pequeños.

–¿Cuántos años tenías?

–Era un poco mayor que Ellie.

–¿Y tus padres no te ayudaron a superarlo?

–Acabábamos de enterarnos de que mi madre tenía una enfermedad incurable. Mi padre tenía bastante con trabajar mucho y tratar de mantener un tejado sobre nuestras cabezas.

–Una vez más, lo siento.

–No es culpa tuya. En realidad, no es culpa de nadie. Uno sigue adelante con su vida y hace lo que tiene que hacer.

–¿Es así como te enfrentas a la vida? ¿Haces lo que tienes que hacer?

–La mayoría de las veces.

–¿Es esa la razón por la que te casaste conmigo?

–¡No! –protestó ella–. Eso es diferente.

–Cuéntamelo, Peyton. ¿Qué esperas de nuestro matrimonio?

–Lo que espera todo el mundo –dijo sin entrar en detalles–. Mira, ya vienen Ellie y Leilani.

Había escuchado una clarísima nota de alivio en la voz de Peyton al ver que las dos se acercaban por el sendero. Decidió que lo dejaría pasar por aquella vez, pero no iba a rendirse.

A la mañana siguiente, Peyton se dio una buena charla frente al espejo. No habría más debilidades ni más fragilidad. No expondría su lado más sensible a Galen. Estaba allí para buscar venganza. Nada más.

Adquirió una expresión que esperaba resultara serena y se cuadró de hombros. Estaba lista para enfrentarse al día. Cuando salió del dormitorio, se encontró con Ellie al otro lado de la puerta.

–¡Buenos días! ¿Has dormido bien después de ayer? ¿No has tenido pesadillas sobre tiburones y naufragios?

Ellie se echó a reír.

–¡No! ¡Me encantó! La mayoría de las veces no me acuerdo de los sueños cuando me levanto. En ocasiones, sueño con mis padres. Que siguen vivos. Cuando me despierto después de soñar eso, siempre me siento triste. A veces, me gustaría seguir dormida solo para volver a estar con ellos.

Peyton extendió la mano y acarició el cabello de Ellie.

–Lo comprendo. Yo también sigo soñando con mi mamá y ella murió hace mucho tiempo. Si quieres, puedes hablar conmigo sobre ello.

¿Qué diablos estaba haciendo? No quería establecer una relación muy fuerte con Ellie porque no planeaba seguir con ella mucho tiempo.

–O a Galen. Ya sabes que siempre puedes hablar con él –añadió rápidamente.

–¿Quién está hablando de mí? –preguntó Galen mientras se acercaba por el pasillo–. Ah, mis dos chicas favoritas. En ese caso, no me importa.

Ellie se echó a reír y fue corriendo hacia él.

–¿Qué vamos a hacer hoy?

–Bueno, pues creo que he encontrado la perfecta escapada para ti, pequeña.

–¿Escapada? –preguntó Ellie confusa–. No estoy en una cárcel. ¿Por qué necesito escapar?

–Eso ya lo sé –replicó Galen–. Puedes marcharte cuando quieras.

–¡No puedo! –exclamó Ellie riendo.

–Eso es cierto, pero hoy sí que vas a poder. Si quieres, puedes disfrutar de la compañía de alguien de tu edad.

–No me irás a dejar allí, ¿verdad?

–Por supuesto que no. No pienso dejarte en ninguna parte donde no quieras estar. El director de este *resort* tiene una hija de tu edad que tiene muchas ganas de conocerte. Tiene un poni.

Peyton vio cómo la cautela que se reflejó en el rostro de Ellie se vio reemplazada por una enorme atención.

–¿Un poni? ¿Y cuándo podemos ir?

–Después del desayuno. Te llevaremos allí y, si te apetece, te podemos dejar para que juegues y volver a recogerte después del almuerzo. ¿Trato hecho?

–¡Sí!

Ellie salió corriendo hacia la cocina, donde, sin duda, engulliría el desayuno para estar lista en un tiempo récord.

–Muy bien jugado –dijo Peyton.

–¿Qué quieres decir?

–Lo de mencionar el poni. No creo que haya muchas niñas de la edad de Ellie a las que no les gusten los ponis.

Galen se encogió de hombros.

–No quiero que se aburra, eso es todo. Le vendrá bien un poco de diversión con alguien de su edad.

–¿Y tú? ¿Qué piensas hacer? –le preguntó Peyton.

–Pensé que podría llevar a mi esposa a navegar.

A Peyton le encantaba salir a navegar. La libertad de estar en el agua la atraía increíblemente. Surcar el mar, con el viento enredándose en el cabello y el crujido de las velas cuando se hinchaban por el viento… Le gustaba todo. Era una libertad que había conocido ya como mujer adulta, pero de la que no podía disfrutar con mucha frecuencia.

–Muy bien, te acompañaré, pero solo si me dejar llevar el timón.

–Veo que te gusta controlarlo todo –comentó él, bromeando.

–Puede ser –replicó ella con una sonrisa.

–Eres una negociadora dura, pero no voy a permitir que se diga que soy un hombre que no deja que una mujer se haga cargo.

¿Estaba lanzándole una indirecta? Peyton lo miró fijamente para tratar de averiguar cómo tomarse aquellas palabras.

–¿Me estás tratando con condescendencia? –le preguntó lentamente.

–Yo jamás sería tan grosero. No. Simplemente quería decir lo que he dicho. Te olvidas que mi abuela dirigió Horvath Corporation después de que mi abuelo falleciera. No me dan miedo las mujeres fuertes. Al contrario. Las admiro.

Galen tenía razón. Su abuela había sido una mujer muy fuerte. Sabiendo lo mucho que respetaba a la anciana, tal vez podría conseguir que él le contara algo más sobre ella mientras navegaban.

–Me alegro de saberlo –dijo con una sonrisa.

Cuando llegaron a la cocina, Ellie ya se había terminado su desayuno.

–¡Vaya! Espera un momento. ¿Estás segura de que has desayunado? –le preguntó Galen mientras la niña se marchaba corriendo para lavarse los dientes.

–¡Sí! ¿Crees que debería cambiarme por si montamos al poni? No tengo ropa adecuada… –comentó la pequeña. De repente, no parecía muy segura de sí misma.

–Estás muy guapa como estás, pero tal vez deberías llevarte una mochila con un bañador y unos vaqueros que sean más adecuados para montar. Sé que tienen cascos y botas de sobra en los establos, así que no te hace falta nada más.

Ya más tranquila, Ellie se marchó corriendo a su habitación.

–Eres muy bueno con ella –observó Peyton.

–Somos un proyecto en desarrollo. Ahora tengo compañía en esta tarea de ser padre.

Peyton sintió una repentina presión en el pecho.

–Si nuestro matrimonio funciona.

–¿Y por qué no iba a funcionar?

–Bueno, ya sabes. Podríamos descubrir que no nos podemos ni ver después de tres meses. Incluso antes.

–¿Acaso ya te estás arrepintiendo, Peyton?

El rostro de Galen se había vuelto muy serio y sus ojos azules miraban fijamente los de ella como si él pudiera ver más allá y adivinar los secretos que ella estaba guardando.

–No exactamente. Solo estoy siendo práctica.

Galen dio un paso hacia ella.

–Para que conste, me gusta mucho verte todas las mañanas y también todas las tardes, por no mencionar las horas que hay entre medias.

La voz de Galen la acariciaba como si fuera una sensación física. Peyton tenía los nervios de punta. ¿Cómo era capaz de hacer él eso? El sonido de su voz tenía un poder sobre ella que Peyton nunca antes había experimentado con nadie. Notó el sutil aroma de su colonia y, muy a su pesar, inhaló profundamente.

–De hecho –prosiguió él–. Me gustan muchas cosas de ti y de verdad que te quiero conocer mejor. Tú solo necesitas relajarte un poco.

–¿Relajarme?

–Sí, te cierras a todo lo que te rodea. No dejas pasar a nadie, ni siquiera a Ellie.

–No quiero hacerle daño si esto no sale bien.

–¿Por qué te centras solo en lo negativo? ¿Por qué no piensas en los beneficios que recibiremos todos si efectivamente esto sale bien?

Hubo algo en el modo en el que él pronunció la palabra beneficios que le provocó a Peyton una oleada de necesidad por todo el cuerpo. Tragó saliva y rezó en silencio para que sus pezones erectos no se le notaran a través de la ligera camiseta.

–¡Estoy lista!

La voz de Ellie resonó a sus espaldas y la sobresaltó lo suficiente para ayudarla a recuperar la compostura. Por supuesto, Galen no se había referido a nada parecido a los beneficios que anhelaban sus desatadas hormonas. ¿O sí? Había aparecido un pícaro brillo en sus ojos que no estaba antes.

Parecía estar bien al tanto de lo que Peyton estaba pensando y del efecto que esos pensamientos tenían en su cuerpo.

–Muy bien, cielo. Te llevaré a su casa ahora mismo. Voy a por las llaves.

Galen regresó enseguida.

–Ya está. Vámonos.

–Aún no has desayunado –le dijo Peyton mientras se sentaba a la mesa y se servía las tostadas y los huevos revueltos que Leilani les había dejado en un calentador

–Volveré dentro de diez minutos. Desayunaré entonces.

–Galen –le dijo Ellie.

–¿Hmm?

–¿Por qué no os besáis Peyton y tú cuando os decís adiós, como hacían siempre mi mamá y mi papá?

Peyton sintió que le corría por la espalda una sensación muy parecida a la del agua helada.

–Tal vez Peyton te pueda responder a eso –replicó Galen mientras observaba a Peyton con el desafío pintado en la mirada.

–No nos conocemos tan bien como se conocían tu mamá y tu papá –dijo Peyton algo incómoda.

–Mi mamá decía que mi papá la besó ya en la primera cita y ella supo que se iba a casar con él. Vosotros dos os deberíais besar también y daros la mano. Eso es lo que hacen las personas que están casadas, ¿no?

–Yo...

Peyton titubeó mientras trataba de encontrar algo adecuado que contestar.

–¿Así? –preguntó Galen.

Peyton se tensó cuando Galen se inclinó sobre ella y le rozó la mejilla con los labios. Experimentó un intenso alivio al ver que se quedaba solo en eso.

–No, tonto. Como lo hacen en las películas –repuso Ellie con una risita.

–Ah, ¿así entonces?

Peyton no estaba preparada. De hecho, no lo habría estado ni en un millón de años, pero él lo hizo de todas formas. Volvió a inclinarse sobre ella y, tras hacer que levantara la barbilla con una mano, atrapó sus labios con un beso que la excitó profundamente y le provocó en el vientre otra de aquellas irritantes oleadas de deseo. Galen trató de que ella entreabriera los labios y, cuando lo consiguió, profundizó el beso, haciendo que los sentidos de Peyton se desbocaran. El cuerpo de Peyton parecía estar en llamas. Durante un instante, ella perdió el sentido de dónde estaba, por no mencionar quién los estaba observando. Cuando Galen se apartó, se sintió sin aliento y la cabeza parecía darle vueltas, totalmente fuera de control.

Aquel beso no debería haber ocurrido. Ni el beso, ni la reacción de Peyton. Ninguna de las dos cosas.

–Exactamente así –exclamó Ellie desde el otro lado de la cocina.

–Me alegro de saberlo –replicó él con una sonrisa. Entonces, dirigió sus siguientes palabras de nuevo a Peyton–. Volveré enseguida. Trata de no echarme demasiado de menos.

Entonces, en un abrir y cerrar de ojos, se marchó.

Capítulo Siete

Galen fue charlando animadamente con Ellie durante el trayecto hasta la casa del director del *resort*. Por la excitación con la que hablaba la pequeña, comprendió que sus respuestas estaban siendo las adecuadas, pero, internamente, estaba sumido en el caos. Besar a Peyton se suponía que debía de ser un dulce e inocente beso pero se había transformado rápidamente en un asalto completo a su propio equilibrio.

Sí, había empezado a pensar que quería algo más que un simple matrimonio para tener compañía. Aquel beso había prendido un hambre en él que, ya que estaba despierta, solo seguiría exigiendo más y más. ¿Y si esas exigencias no eran correspondidas? Solo pensarlo le revolvía el estómago. Sin embargo, ella había participado muy activamente en el beso y eso le daba esperanza. Mucha esperanza. Tal vez con mimo y mucho cuidado, su matrimonio podría convertirse en un matrimonio de verdad, un matrimonio en el que hubiera una fuerte conexión física.

Había observado a Valentin con su esposa y a Ilya con la suya. Cuando estaban en una sala con sus respectivas esposas, era como si una corriente invisible corriera entre ellos. Un vínculo que no se podía romper. Nunca había pensado ni por un minuto que él deseara esa clase de vínculo con una persona. De repente, lo deseaba y necesitaba.

Ellie y él bajaron del coche y fueron a saludar al director y a su hija. Cuando Galen estuvo seguro de que Ellie estaba lo suficientemente cómoda con ellos y hubo acordado una hora para ir a recogerla, volvió a la casa sintiéndose muy nervioso.

Cuando entró en la casa, encontró a Peyton en la cocina. Había estado muy ocupada preparando una cesta y una nevera que estaban sobre la mesa.

—No estaba segura de qué era lo que querías para nuestro paseo en barco, así que he hecho unos bocadillos y he preparado algo de fruta y bebida.

Normalmente, Peyton tenía un aspecto sereno e intocable. En aquellos momentos, parecía insegura, como si necesitara que él la tranquilizara. Galen se apresuró a hacerlo.

—Me parece perfecto. ¿Llevas el traje de baño?

—Sí, me lo he puesto debajo de la ropa.

Galen vio los tirantes asomándole por el cuello de la camiseta. El pulso se le aceleró. Hasta entonces, Peyton siempre se había puesto bañador y a él le daba la sensación de que verla con un biquini podría volverlo loco.

Agarró la cesta y la nevera y echó a andar hacia el coche.

—¿No tenemos que llevar toallas ni nada más? —le preguntó Peyton, que iba algo rezagada.

—En el barco hay todo lo que podamos necesitar —respondió él.

—¿Cómo de grande es ese barco?

—Tiene once metros, perfecto para navegar en alta mar, pero últimamente no he tenido tiempo.

–¡Vaya! Es mucho más grande de lo que había pensado.

–Te encantará. Si te ha gustado navegar en un barco más pequeño, te divertirás mucho en este.

Peyton guardó silencio. Galen casi podía escuchar el ruido que hacían sus pensamientos.

–¿Qué pasa? –le preguntó.

–Nada… Supongo que no me puedo acostumbrar a todas las cosas que tú pareces dar por sentadas.

Galen frunció el ceño ligeramente.

–Eh, no me malinterpretes. Tal vez yo esté acostumbrado a un nivel de vida alto, pero puedes estar segura de que no doy nada por sentado. Ahorré todo lo que pude para poder comprarme el *Galatea*, lo que hice cuando tenía poco más de veinte años. Este barco fue mi primera adquisición de importancia, por lo que me sentí muy orgulloso la primera vez que navegué en ella.

–Galatea es la diosa de los mares tranquilos en la mitología griega, ¿no?

–Así es. ¿Te gusta la mitología griega?

–Tuve que estudiarla un poco cuando hice literatura clásica en la universidad.

–Parece algo pesado –dijo él mientras le abría la puerta del coche a Peyton.

–Lo era. Me gustaban más las versiones tipo cuento de hadas que leía cuando era una niña.

Galen notó un cierto tono de añoranza en la voz de Peyton que le empujó a guardar silencio. ¿Estaba empezándose a abrir por fin un poco? Él observó cómo ella arrugaba la nariz y hacía un breve gesto de dolor.

—Pero la vida no es un cuento de hadas, ¿verdad? La mitología se basa en muchas historias tristes y brutales.

—Algunos dirían que el periodismo moderno no es muy diferente.

—A excepción de que se basa en dejar al descubierto la verdad, no en la fantasía.

—¿Es eso lo que más te gusta de tu trabajo? ¿Llegar a la verdad de las cosas?

La noche anterior, como no podía dormir, Galen había realizado algunas búsquedas en Google sobre la mujer que se había convertido en su esposa. Varios de los artículos que ella había escrito estaban colgados en la red y le habían sorprendido por la honestidad que destilaban. Peyton no se contenía a la hora de decir la verdad, por lo que representaba un verdadero rompecabezas para Galen en la vida real. Si escribir tan claro era una parte tan intrínseca de ella, ¿por qué se mostraba tan selectiva con lo que le contaba a él en persona?

—Podríamos decir que sí. Odio la injusticia a cualquier nivel. Hay que dejarla al descubierto para que la gente que es responsable pague por sus actos.

Galen arrancó el coche sorprendido por la ira que se le reflejaba en la voz.

—He leído tu artículo sobre los trabajadores inmigrantes. Es muy bueno.

—Gracias. Estoy orgullosa de ese artículo.

—Entonces, ¿siempre trabajas por tu cuenta?

—Sí. Prefiero escoger mi trabajo. Es una libertad que me he esforzado mucho por alcanzar. Ahora siento que estoy haciendo lo que deseo hacer.

–Me alegro por ti. Todo el mundo debería trabajar en lo que más le gusta, ¿no te parece?

Peyton sintió que la ira hacia Alice Horvath volvía a hervirle en las venas. Sí, todo el mundo debería trabajar en lo que más les gustaba y no ser perseguidos ni verse objeto de falsas acusaciones. Cerró los ojos y respiró profundamente para tranquilizarse. No podía permitir que sus sentimientos se apoderaran de ella, porque podría meter la pata. Aquel artículo era demasiado personal y quería que saliera perfecto. Y para ello, no debía bajar la guardia nunca frente al hombre que estaba sentado a su lado, conduciendo el elegante descapotable hacia el puerto.

–Poder hacerlo es un privilegio y yo no lo doy por sentado. Supongo que, en ese aspecto, soy un poco como tú.

–Me alegra saber que tenemos algunas cosas en común –respondió él alegremente.

Galen condujo el coche hasta el aparcamiento que había junto al puerto, en el que había filas y filas de barcos amarrados. La descarada exhibición de riqueza que allí había debía de haberla asqueado, pero Peyton no pudo evitar pensar cuánta alegría le reportaba cada uno de aquellos barcos tan exclusivos a las personas que los poseían, por no mencionar los trabajos que creaban para construirlos, equiparlos y repararlos.

–Los dos respiramos. Esa es otra cosa –dijo con voz seca.

Tal y como había esperado, Galen se echó a reír.

–Yo habría esperado que tuviéramos mucho más en común que eso –comentó él, riendo, mientras sacaba la cesta y la nevera del maletero del coche y la conducía a ella hacia uno de los muelles, en el que estaba amarrado un imponente yate blanco y azul.

—Es precioso —dijo Peyton mientras señalaba el elegante letrero del nombre del barco.

—Mi primer amor verdadero.

—¿Y el segundo?

Galen le ofreció una mano para ayudarla a subir.

—Ya te lo diré —replicó él mientras la miraba a los ojos.

Peyton sintió que se le hacía un nudo en la garganta y tragó saliva. ¿Se estaba enamorando de ella? Por supuesto que no. Era demasiado pronto. Además, él le había dicho en la boda que no buscaba esa clase de relación.

Sin embargo, estaba el beso. El beso la había sorprendido por completo. Había sido un beso maravilloso. Solo pensar en él le hacía apretar los labios como si así pudiera recrear las sensaciones que le había producido.

Siguió a Galen por una escotilla, por la que llegaron a una cocina muy bien equipada y a un salón. Ambas estancias quedaban bajo la cubierta. Entonces, él se quitó la camiseta y la dejó sobre una banqueta. Así, tan cerca, con Galen vestido con un bañador y unas zapatillas y sin Ellie de carabina, Peyton casi sintió miedo de lo que podría hacer. ¿Repetir tal vez el beso de aquella mañana? ¿Algo más, como extender la mano y tocarle, descubrir si el tacto de su piel era tan cálido como el de la piel de ella?

—¿Qué te parece si guardo todo? —le sugirió—. Tú arranca el barco.

—Claro, pero, antes de que salgamos, ¿podrías ponerme protección solar en la espalda? Esta mañana me puse por el resto del cuerpo.

¿Y no era más fácil que se dejara la camiseta puesta? Peyton hizo un gesto de desaprobación con los ojos. Ni siquiera sabía por qué estaba reaccionando así. Ya le había puesto crema en varias ocasiones cuando estaban en la playa, pero eso había sido antes de que se besaran...

—Te prometo que te devolveré el favor —le dijo él mientras le entregaba el bote de crema.

—Yo... Yo creo que no me voy a quitar la camiseta hoy —repuso mientras tomaba el frasco y se echaba una buena cantidad en la mano.

—Eso desde luego que funciona, mientras no te importe la sensación de llevarla mojada a casa después de que hayamos estado buceando.

Tenía razón. ¿Por qué había tenido que besarla aquella mañana? Lo había cambiado todo. Peyton comenzó a frotarle la crema sobre la espalda, extendiéndola por los poderosos y anchos hombros y masajeándola por los largos músculos que le alineaban la espalda. Galen estaba completamente inmóvil como una estatua, aparentemente inmune al tacto de las manos de Peyton. Por el contrario, las palmas de ella ardían de deseo y ansiaban rodear la cintura hasta llegar al vientre y luego subir por el torso, para bajar luego aún más... Tal vez el beso solo lo había cambiado todo para ella.

Le dio una palmada en el hombro.

—Ya estás.

Galen se dio la vuelta lentamente. Tal vez no era Peyton la única que sentía el calor...

—Quítate la camiseta —le ordenó.

Ella lo miró atónita. Sí, había sido una orden. Parecía muy decidido. Por eso, Peyton se giró muy lentamente y se quitó la camiseta. El contraste de la loción fría con las cálidas manos de él le hizo contener el aliento cuando Galen comenzó a aplicarle la crema sobre la piel.

—Levanta los brazos —le ordenó. Por alguna razón, su voz no sonaba tan firme como antes.

Peyton hizo lo que le había pedido y contuvo el aliento cuando notó que él empezaba a aplicarle crema en los costados, casi tocándole los senos. Los pezones se le irguieron inmediatamente y cada nervio de su piel parecía estar respondiendo a las caricias. Entonces, de repente, se detuvo.

—Voy a ir a arrancar el motor y a preparar la salida.

Una vez más, su voz sonaba rara, pero, al menos, él podía hablar. A Peyton le faltaban las palabras.

Observó el dormitorio que había al fondo. Una enorme cama que se extendía desde una pared hasta la otra de la pequeña estancia. Apartó la mirada y trató de reconducir sus pensamientos.

Oyó el sonido de sus pies sobre la cubierta. Seguía sintiendo el efecto que le habían producido las manos de él. Parecía haber prendido una hoguera dentro de ella.

Miró, sin verla, la cesta que estaba aún esperando a que ella la vaciara. Necesitaba moverse, pero era como si estuviera atrapada en una trampa sensual, cautiva por sus propios deseos.

Capítulo Ocho

Galen agarraba con fuerza el timón mientras guiaba al *Galatea* fuera del puerto. Alejarse de Peyton unos minutos antes había sido una de las decisiones más difíciles que había tenido que tomar en su vida. Su cuerpo lo animaba a estrecharla entre sus brazos, a sentir el calor de la piel de ella contra la suya, a besar los dulces labios.

Si lo hubiera hecho, no habría sabido dónde detenerse. Seguramente habrían terminado sobre la cama del yate. Galen quería estar seguro de que, cuando yacieran juntos, lo harían porque Peyton le deseaba tanto como él a ella.

Necesitaba mantenerse centrado en lo que tenía entre manos, que era sacar al *Galatea* a alta mar.

Vio que Peyton subía a cubierta.

—¿Te apetece algo? —le preguntó ella. Tenía un aspecto dubitativo.

—Tal vez te gustaría llevar el timón mientras yo preparo las velas.

—Claro.

A pesar de la suave brisa del mar, sintió la calidez que emanaba del cuerpo de Peyton cuando ella se colocó junto a su lado.

—Tengo una confesión que hacerte —le dijo ella mientras miraba el timón.

—¿Y es?

–Nunca he llevado un barco tan grande como este.

–Lo harás bien. El principio es el mismo.

Galen le dio unas cuantas instrucciones que terminaron cuando le dijo:

–Cuando te dé un grito, puedes apagar el motor.

Galen se dio cuenta de que ella aprendía muy rápido cuando, unos minutos después, el sonido del motor se apagó y lo único que se podía escuchar era el viento entre las velas.

–Esto es increíble –dijo Peyton con una carcajada.

Galen observó el hermoso rostro de Peyton y sonrió. Por primera vez desde que la conocía, vio que ella parecía completamente relajada. Quería verla así más a menudo. Abierta y libre, en vez de cerrada y suspicaz.

Después de navegar durante una hora aproximadamente, arriaron las velas y echaron el ancla cerca de una resguardada bahía. Tomaron su almuerzo y se tumbaron sobre cubierta durante un rato para tomar el sol.

–Esto es maravilloso. A Ellie le habría encantado –comentó Peyton mientras se protegía los ojos con una mano y se tumbaba de espaldas.

–La última vez que vino al *Galatea* estaba con sus padres. Tiene recuerdos muy felices de aquel día. Tal vez me lleve el barco a Port Ludlow para el verano.

–¿Puedes hacerlo? Es una travesía muy larga. ¿No te da miedo?

–Si se planea bien, no puede ir nada mal. Cuando hago viajes tan largos, llevo una pequeña tripulación. Tú podrías venir también.

—Creo que de eso paso.

—Eres una gallina.

—No —dijo ella, sentándose para no tener que mirarlo a los ojos–. No puedo hacer planes con tanta antelación. No sé lo que estaré haciendo en esos momentos.

Galen se sintió como si el sol se hubiera ocultado tras una nube. Se sentó también sobre cubierta.

—¿Qué es lo que quieres decir?

—Bueno, podría estar lejos de casa por trabajo —comentó, casi sin saber qué decir.

—¿Estás pensando seguir trabajando lejos de casa?

—Es mi trabajo, Galen. Igual que tú tienes el tuyo, ¿no? Tú también tienes que viajar de vez en cuando.

Peyton tenía razón, pero, en lo más profundo de su ser, Galen sabía que él antepondría a Peyton y a Ellie antes que ningún viaje de negocios. Al menos, eso era lo que tenía pensado. Sin embargo, parecía que Peyton no tenía intención alguna de cambiar su vida. ¿Qué era lo que ella buscaba en aquel matrimonio?

—Vamos a tener que coordinar nuestros horarios cuidadosamente ahora que estamos casados —comentó él–. No podemos dejar a Ellie sola. Qué te parecería si tuviéramos un ama de llaves interna cuando encontremos una nueva casa.

—Supongo que me tendría que parecer bien.

—¿Quieres decir que te podrías acostumbrar a que alguien vaya recogiendo detrás de ti? –bromeó él.

–O nos podríamos acostumbrar a arrimar el hombro en la casa para ayudarla, ¿no te parece?

La tensión que se había producido entre ellos comenzó a desaparecer y un agradable silencio ocupó su lugar. Después de un rato, Galen se levantó y bajó por la escotilla. Cuando subió, llevaba unos esnórqueles en las manos.

–Esta bahía es perfecta para bucear. ¿Lo has hecho antes? –le preguntó mientras le daba un esnórquel, unas gafas y un par de aletas–. Creo que estas te estarán bien. Pruébatelas a ver.

–No puedo decir que haya tenido el gusto.

–No es nada complicado. Lo único que tienes que recordar es que cuando te metas debajo del agua y luego vuelvas a salir, tienes que soplar con fuerza para sacar el agua del tubo antes de respirar. Y, si no quieres sumergirte, puedes flotar por la superficie y ver muchas cosas también.

–Eso parece más de mi estilo –comentó ella mientras se probaba las gafas. ¿Qué tal estoy?

–Pareces un pececillo mutante, pero estás bien.

Galen le mostró rápidamente cómo limpiarse las gafas si se le llenaban de agua y le ayudó a ponerse las aletas antes de ponerse las suyas. Después, le mostró cómo saltar desde el trampolín que había en la popa del barco para zambullirse en el mar.

Media hora más tarde, regresaron a bordo del barco. Peyton no podía contener su asombro.

–¿Viste esa tortuga? ¡Fue increíble!

Galen sonrió. Poco a poco estaba empezando a ver a la verdadera Peyton Earnshaw. Y, cuanto más natural y menos forzadamente se comportaba, más deseaba él saber de ella.

***

Habían regresado a puerto amarrando el barco cuando el teléfono móvil de Galen comenzó a sonar. En ese momento, Peyton fue consciente de la cantidad de tiempo que habían estado solos. La tensión sexual que habían experimentado se había aliviado lo suficiente para poder relajarse y disfrutar de la experiencia, aunque no había desaparecido totalmente.

–Peyton, es Ellie al teléfono.

–¿Va todo bien?

–Sí, está bien. Quería saber si puede quedarse a dormir con Caitlin. Parece que han hecho muy buenas migas.

–Bueno, es tu decisión, ¿no?

–Estamos juntos en esto –le recordó él.

–A mí me parece bien –dijo ella secamente. Se sentía incómoda de verse incluida.

Galen volvió a centrar su atención en el teléfono, que duró otros dos minutos más.

–Bueno, acabo de hablar con una niña muy feliz –dijo él mientras bajaba de nuevo por la escotilla para recoger la nevera y la cesta.

–Deduzco que, normalmente, no le gusta mucho quedarse a dormir en casa de nadie.

–Recientemente, no. Estas vacaciones lejos de casa le han sentado bien. Es un alivio verla relajada.

–De niña, yo odiaba quedarme a dormir en cada de nadie.

Dios santo. ¿Por qué había tenido que decir eso? Galen seguramente querría saber por qué.

Por supuesto, esa fue la siguiente pregunta que salió de su boca. Peyton se lo pensó muy bien antes de contestar.

—Supongo que, en el fondo, lo que me daba miedo era que, al volver a casa, me encontrara que mi madre había muerto y que yo no estaba allí.

Le dolía pronunciar aquellas palabras… Deseó no haber dado pie nunca a aquella conversación.

—Eso debió de ser muy duro.

—Uno acaba por acostumbrarse. Tu padre murió también. Supongo que tampoco debió de ser fácil para ti.

—No, no lo fue, pero yo ya estaba en la adolescencia. Aunque su muerte fue un *shock*, no teníamos ese miedo constante encima, aunque probablemente deberíamos haberlo tenido. Mi abuelo y mi tío murieron del mismo defecto congénito del corazón antes de él.

—¿No le hicieron nunca ninguna revisión?

—Siempre decía que estaba demasiado ocupado. Por supuesto, Nagy se aseguró de que todos los de la familia tuvieran un chequeo médico después de la muerte de mi padre. Solo uno de mis primos ha heredado el mismo problema, pero está muy controlado ahora que lo saben.

—Debió de ser muy preocupante estar preguntándose si os podía pasar lo mismo a todos…

—Sí, pero Nagy se ocupó de todo, de todos nosotros. Como hace siempre.

Peyton experimentó la habitual ira que sentía cuando oía a Galen hablar de su abuela con tanta admiración. Sin embargo, decidió que era una oportunidad de oro para saber más sobre la mujer que había ejercido un efecto tan devastador en su familia.

—Es la matriarca, ¿verdad? ¿La obedece todo el mundo?

Galen se echó a reír.

—Lo dices como si se sentara en un trono y nos dictara órdenes a todos.

—¿Y no es así? Por lo que dices, es omnipotente.

El rostro de Galen adquirió una dulce mirada.

—No, es humana, como el resto de nosotros. Y comete errores, nada más y nada menos que con su propia salud.

—Entonces, es una cuestión de que hacer lo que ella dice y no lo que hace, ¿no?

—Más o menos. Seguramente te habrás enterado de que tuvo un grave ataque al corazón hace unos meses. Todos damos gracias de que Valentin estuviera presente cuando ocurrió. Le hizo la reanimación cardiovascular hasta que llegó la ambulancia. Desde entonces, es una mujer diferente. Es como si creyera que vive con un tiempo prestado porque aún le quedan muchas cosas que hacer antes de que llegue su momento. Hay en ella una extraña urgencia. Me resulta difícil de explicar.

—Supongo que una experiencia tan cercana a la muerte cambia a una persona.

—Eso seguro.

Se alejaron del muelle y regresaron al coche. Peyton se lamentó profundamente de haber perdido la oportunidad de seguir con la conversación sobre la relación que Galen tenía con su abuela, pero guardó cuidadosamente todos los detalles que había averiguado hasta entonces.

Cuando llegaron a la casa, Peyton se duchó y se cambió y luego anotó todo lo que recordaba de la conversación. Cuando terminó, salió al jardín.

Oyó que Galen estaba hablando por teléfono. Se acomodó en una hamaca a la sombra y dejó que la belleza del día y de los alrededores la arrullara hasta quedarse dormida. Cuando se despertó gracias al tintineo de unos cubitos de hielo en una jarra, se sorprendió mucho al ver lo bajo que estaba el sol.

—Espero que sean margaritas —dijo adormilada, al ver que Galen dejaba la jarra sobre la mesa.

—¿Cómo lo has sabido?

—Porque es justamente lo que me apetece. Al menos, después de un gran vaso de agua.

—En ese caso, menos mal que es eso lo que he preparado. Un cóctel para antes de cenar. ¿Has dormido bien?

—No me puedo creer que haya estado dormida tanto tiempo. ¿Por qué no me has despertado?

Galen se encogió de hombros con su habitual elegancia.

—Parecía que lo necesitabas. Un día en el mar puede resultar agotador.

—Me apuesto algo a que tú no has dormido.

Una vez más, él se volvió a encoger de hombros. Sirvió las bebidas y le entregó a ella un vaso antes de presentar el suyo para poder brindar.

—Por más días como este.

—Así sea.

Entonces, recordó el beso. ¿Se había referido él a todo lo ocurrido aquel día? Lo miró mientras daba un sorbo al cóctel. Sí, efectivamente.

De repente, todo aquel asunto del matrimonio

le pareció demasiado complicado. Decidió que no lo había pensado bien. Se había imaginado que le resultaría fácil pasar los tres meses sin preocuparse por controlar una creciente atracción física y el magnetismo que se había ido haciendo cada vez más fuerte entre ellos y que terminaría escribiendo su artículo y olvidándose fácilmente de todo lo ocurrido.

Él era un Horvath, descendiente directo de la persona que había terminado con todo lo que representaba seguridad en el mundo de Peyton para empujarla a una vida de penurias. Sin embargo, ella había conseguido sobreponerse a tanto sufrimiento, pero el camino había sido duro y había estado lleno de sacrificios.

Durante un breve instante, se permitió pensar en la hermosa niña a la que había tenido que renunciar y volvió a sentir el dolor que aquellos pensamientos siempre le causaban. No podía dejar de pensar en eso. Dolor. Pérdida. Desilusión. Era la única defensa que tenía contra el abrumador poder de seducción de Galen Horvath.

Capítulo Nueve

Mientras terminaban de cenar en el jardín, Peyton pensó que, afortunadamente, iban a regresar a casa dos días después. Resultaba demasiado fácil verse seducida por la impactante belleza de aquel lugar y del hombre que estaba sentado frente a ella.

—¿Te apetece tomar postre? Leilani nos ha dejado un pastel de queso y mango en el frigorífico.

—No, no. No podría tomar ni un bocado más —protestó Peyton—. La cena ha sido verdaderamente deliciosa. No sabía que se te daba bien la cocina.

—Es uno de mis talentos ocultos. Para serte sincero, de soltero, tuve que aprender a cocinar la comida que me gustaba. Ahora, la cocina es más una manera de relajarme que una necesidad.

Ella entornó los ojos un poco.

—¿Y necesitabas relajarte después de hoy?

—Uno nunca se puede relajar lo suficiente. ¿Qué te parece si ahora vamos a dar un buen paseo por la playa? —le preguntó mientras extendía la mano y se levantaba de la mesa.

Peyton aceptó la mano que él le ofrecía y permitió que la ayudara a levantarse también. Esperaba que él la soltaría en cuanto echaran a andar por el sendero que llevaba a la playa, pero Galen mantuvo la mano de ella en la suya. La tenía agarrada de forma muy ligera y ella habría podido zafarse, pero, a pesar de que antes se había dicho que era mejor mantener las distancias, a Peyton le gustaba. Era una pena que lo que los había llevado hasta allí fuera falso, al menos para ella. Peyton no dejaba de recordárselo una y otra vez para evitar caer bajo su embrujo.

Sin embargo, era imposible no hacerlo, en especial cuando Galen se detuvo y se dejó caer sobre la arena. Entonces, tiró de ella para que se sentara entre sus piernas. Trató de mantenerse ligeramente separada de él, pero fracasó. La atracción de su cálido cuerpo, la sensación de sentirse protegida... todo era demasiado. Galen le deslizó los dedos sobre el brazo, poniéndole la piel de gallina.

–¿Tienes frío?

–No.

Peyton tenía de todo menos frío. De hecho, las caricias de Galen le estaban caldeando cada vez más la sangre.

–Háblame de tu infancia –le preguntó–. ¿Te gustaba la playa de niño?

–Siempre me he sentido atraído por el agua. Mi infancia fue divertida. De niños, no sabíamos lo que eran los problemas a menos que rompiéramos una ventana o contestáramos mal a un adulto.

–Suena idílico.

–¿No es así como debe ser la infancia? ¿Libre de las preocupaciones de los adultos? ¿Y tú? Has mencionado algunos momentos difíciles, pero estoy seguro de que no estuvo tan mal.

¿Había sido todo malo en la infancia de Peyton? Si era sincera, no. Antes de que su madre enfermara y su padre cayera en desgracia, su vida había sido muy diferente. Buscó en su pasado y se aferró a un recuerdo en particular que le había producido una increíble alegría.

—El recuerdo más feliz que tengo de mi infancia fue el día en el que mi padre trajo un cachorro a casa —dijo suavemente.

—Seguro que sí fue un día muy feliz. ¿Y cómo era el cachorro?

—Era un chucho, de tamaño mediano y muy travieso. Yo le quería mucho.

—¿Y qué pasó?

—Cuando mi madre enfermó y mi padre perdió su trabajo, tuvimos que mudarnos y lo llevamos a un albergue. Ya no lo podíamos mantener.

No hizo falta nada más para que la herida de su corazón volviera a abrirse.

—¡Qué duro es eso! —comentó Galen con comprensión antes de darle un beso en la cabeza.

—Lo superé. Mi madre insistió en llevarlo a un refugio en el que no sacrificaban a ningún animal y yo sabía que encontraría otra casa porque era muy buen perro. No se quedó allí mucho tiempo.

Sin embargo, aquella era otra pérdida que podía achacarle a Alice Horvath.

La brisa del mar se levantó y comenzó a alborotarle el cabello a Peyton. Galen se lo recogió detrás de la oreja. El tacto de sus dedos fue como una descarga eléctrica en su piel. Ella ya no quería seguir hablando. En aquellos momentos, prefería olvidar los recuerdos que habían abierto las viejas heridas y perderse en el hombre que estaba allí con ella. Se movió ligeramente para poder mirarlo. La mirada de Galen se cruzó con la suya y entonces Peyton levantó una mano para acariciarle la mejilla. Después, se inclinó hacia él para besarlo.

No pasó mucho tiempo antes de que le hubiera agarrado la cabeza con ambas manos y estuviera besándole y mordisqueándole los labios. Galen le devolvió el beso. Pasión y deseo, todo lo que ella pudiera necesitar para borrar el doloroso pasado y poder vivir el momento.

De alguna manera, terminaron tumbados sobre la arena, con el cuerpo de Galen medio encima del de ella. Peyton levantó las caderas para frotarse contra él, lo que provocó un profundo gruñido como respuesta. Galen tenía una potente erección y su cuerpo se tensaba sobre el de ella, pero, aunque resultaba tan evidente que la deseaba, no aprovechó la ventaja que tenía. Más bien, se alejó de ella ligeramente. Se apoyó en un codo y comenzó a acariciarla con la mano que le quedaba libre, levantándole poco a poco la tela de la falda sobre los muslos.

Peyton temblaba antes sus caricias. Deseaba más. Los dedos de Galen empezaron a acariciarle la parte interior de los muslos. Ella gimió de placer y levantó involuntariamente los labios hacia él. Aún le tenía la cabeza agarrada entre las manos y las bocas estaban unidas. Los besos eran largos y adictivos y los envolvían en una espiral de sensualidad. Peyton sintió que los dedos por fin comenzaban a trazarle el borde de las braguitas y la suave curva de la entrepierna. Era uno de sus puntos más sensibles y gimió una vez más. El cuerpo se le tensó para el momento en el que él apartara la tela y tocara por fin la parte de su cuerpo que ansiaba tanto aquel contacto.

Galen se movió ligeramente. Apartó los labios de los de ella y comenzó a besarle la mandíbula, la garganta y la suave línea de la clavícula. Peyton sintió que el cuerpo se le licuaba a medida que él proseguía con aquel asalto tan sensual. Peyton levantó las caderas una vez más, animándole en silencio a tocarla donde ella más lo necesitaba. Ella no paraba de acariciarle la nuca, los hombros y la espalda.

Entonces, le colocó la mano en la entrepierna y le apretó el sexo a través del encaje de la ropa interior, colocándole el dedo justamente sobre el clítoris y haciéndole sentir un increíble placer. Peyton sintió que se humedecía de deseo.

Una ola grande se rompió contra la playa. El sonido se abrió paso a través de la consciencia de Peyton y le recordó dónde estaban y lo que estaban haciendo. Se tensó y se apartó de él inmediatamente.

–¿Qué te pasa? –le preguntó Galen con la voz ronca por el deseo.

–No podemos hacer esto –le dijo ella secamente mientras le empujaba.

–Está bien –respondió él–. ¿Quieres que volvamos a la casa?

–No sé tú, pero yo sí que voy a regresar.

Peyton se puso de pie y comenzó a andar tan rápidamente como podía por la arena, haciendo que esta volara por el aire a cada paso que daba. ¿Cómo podía haber sido tan estúpida como para ceder a sus propias necesidades personales? Nada de lo que estaba haciendo tenía que ver con ella.

No se podía permitir dejarse llevar por sus deseos. Estaba allí para recoger información.

Sin embargo, a pesar de ir tan rápido como podía hacia el sendero que la conducía por fin a la casa, su subconsciente la animaba a detenerse y mirar atrás para ver si Galen la seguía. Quería regresar junto a él y seguir con lo que habían empezado, pero rápidamente encerró aquellos traidores pensamientos antes de que pudieran apoderarse de ella y convertirse en algo de lo que sabía que se arrepentiría.

Cuando llegó a su dormitorio, cerró de un portazo y echó el pestillo. No creía ni por un minuto que Galen intentara entrar en la habitación o forzarla. En realidad se estaba encerrando porque sentía que ya no podía confiar en sus propias reacciones cuando estuviera con Galen.

El vuelo de regreso pasó sin novedad alguna, pero Galen no podía sacarse del pensamiento las preguntas que lo atenazaban sobre la reacción de Peyton aquella noche en la playa. Cuando volvió a verla, durante el desayuno del día siguiente, ella se había mostrado aún más distante y, a partir de aquel momento, había hecho todo lo posible por no volver a quedarse a solas con él durante el resto de la luna de miel.

Estaban a punto de llegar a la que iba a ser su casa. El helicóptero que les había transportado desde el aeropuerto de Seattle-Tacoma al hotel aterrizó suavemente. Galen ayudó a Peyton y a Ellie a descender.

–¡Hogar dulce hogar! –exclamó Ellie.

–Hablando de hogar, me he puesto en contacto con un agente inmobiliario para que nos enseñe mañana algunas casas. ¿Os parece bien a las dos?

–¡Yupiii! –exclamó Ellie–. ¿A qué hora?

–Lo primero, tienes que asegurarte de que duermes mucho para que te puedas levantar temprano mañana.

Miró a Peyton. Ella no parecía muy impresionada. En el momento en el que Ellie se marchó, ya no se pudo contener.

–Yo no voy a ir con vosotros. Tengo que trabajar ahora que hemos regresado. Voy muy retrasada con mi proyecto.

–Bueno, estoy seguro de que puedes pasar al menos unas horas con nosotros. Es fin de semana. ¿No puedes ponerte a trabajar el lunes, como la gente normal?

–Galen, yo soy autónoma. Yo marco mi horario de trabajo y, a veces, eso significa que tengo que trabajar los fines de semana.

–Pues ordénate a ti misma que tienes que tomarte tiempo libre. Esto es muy importante para nosotros... como familia.

Galen dejó que las dos últimas palabras flotaran en el aire entre ellos y no dijo nada más. Peyton se rebulló muy incómoda antes de responder.

–Bien, pero no esperes que disfrute.

–¿Y por qué no ibas a disfrutar? ¿Acaso no desean todas las mujeres crear un hogar?

–No me puedo creer que hayas dicho eso...

Galen se encogió de hombros.

–Mira, no estoy siendo deliberadamente machista aquí. Yo también quiero crear un hogar y me parece que es importante que, si vamos a crear uno juntos, todos debamos decir nuestra opinión. ¿De acuerdo?

—Lo que tú digas —replicó ella—. ¿Dónde está mi habitación? Porque supongo que este apartamento tuyo tendrá más de dos dormitorios.

—Por suerte, sí. Puedes quedarte con la habitación principal. Yo me iré a la de invitados.

—En ese caso, no importará que yo me quede con la habitación de invitados, ¿no?

Galen la miró dispuesto a discutir con ella, pero luego decidió que necesitaba escoger mejor sus batallas si quería atravesar aquel sólido muro de hielo que ella había levantado.

—Si eso es lo que prefieres… Por cierto, acuérdate de la fiesta de bienvenida de esta noche.

—Ah, sí. Eso.

—No pareces muy emocionada. Algunos miembros de la familia van a venir para la fiesta.

—Por mí no lo tendrían que haber hecho. Para serte sincera, es un poco exagerado, ¿no? —dijo ella—. Solo hace una semana que nos vieron.

—Y quieren compartir con nosotros el gozo de nuestro matrimonio.

—Tu abuela solo quiere asegurarse de que no se ha equivocado emparejándonos.

—No pareces tenerle mucho aprecio a Nagy. ¿Por qué?

—Ni siquiera la conozco.

Peyton se cruzó de brazos y adoptó una actitud que a Galen le pareció muy agresiva. Como si estuviera desafiándole a hacerle todas las preguntas que deseara aun sabiendo que ella no le iba a dar ninguna respuesta. Galen suspiró.

—Mira, después de esto no tendremos que volver a verlos hasta Navidad si no quieres.

—Eso si seguimos juntos en Navidad —le espetó ella mientras levantaba el asa de su maleta y empezaba a hacerla rodar hacia el pasillo—. Doy por sentado que mi dormitorio está por aquí…

—Sí, la tercera puerta a la izquierda… —dijo él derrotado.

Galen sacudió la cabeza y fue a comprobar los mensajes que tenía en el teléfono. No sabía lo que había ocurrido entre ellos, pero tenía que tratar de solucionarlo.

—Al menos intenta que parezca que estás disfrutando —le susurró Galen al oído mientras ella examinaba la sala llena de Horvaths.

Galen había dicho que se trataría de una pequeña reunión y allí había al menos veinticinco personas, todas ellas parientes cercanos de él. Ellie estaba en su elemento, presumiendo de su bronceado y diciéndole a todo el mundo que quería escucharla que había nadado en el mar, que había montado en poni y que tenía una nueva amiga.

—Estoy disfrutando —replicó ella.

—En ese caso, ¿te resultaría muy difícil sonreír un poco?

—¿Así? —le preguntó ella esbozando una forzada sonrisa.

—Bueno, supongo que eso es mejor a que les parezca a todos que nos quieres asar a la parrilla en cuanto tengas oportunidad. Podrías haber invitado también a tu familia. Esto no era solo para la mía.

—Mi padre estaba ocupado —respondió.

O, al menos lo habría estado si ella le hubiera invitado a acudir.

—Mira —añadió—. Estoy muy cansada. Ve a disfrutar de los tuyos. Yo estaré bien aquí por el momento.

—¿Estás segura? No vas a salir huyendo, ¿verdad?

—Por supuesto que no. Ve, por favor.

Peyton sintió que su cuerpo se relajaba de alivio cuando Galen hizo lo que ella le había pedido. Los últimos días habían sido un suplicio para ella. A pesar de que había mantenido las distancias con él, su cuerpo no dejaba de atormentarla y ponerse en estado de alerta cada vez que él ese acercaba. Eso la dejaba agotada durante el día, pero, al llegar la noche, no hacía más que soñar que volvía a estar con él en aquella playa y que terminaban lo que habían empezado. Cada vez que tenía el sueño, se despertaba al borde de un orgasmo y se sentía increíblemente frustrada. Aquella misma mañana, había cedido al deseo y se había llevado hasta el clímax. Sin embargo, aunque la estimulación física le había producido alivio, no le había proporcionado satisfacción. De hecho, tan solo la había dejado más consciente de la proximidad de Galen y de la frecuencia con la que él la rozaba por casualidad. Mientras que a él no parecía afectarle en absoluto, a ella la consumían los nervios en cada ocasión.

Capítulo Diez

Alice observó a los recién casados. A juzgar por su lenguaje corporal, las cosas no iban demasiado bien. Una vez más, volvió a sentir el mismo presentimiento que la había asaltado el día de la boda. Se apartó del grupo con el que había estado hablando y se dirigió directamente a Peyton, que se dejó besar por Alice en la mejilla.

–Señora Horvath…

–Pensé que ya habíamos hablado de esto antes, querida. Llámame Alice o Nagy. Ahora somos familia, ¿recuerdas?

–Por supuesto –replicó ella, con una sonrisa que era más una caricatura que una sonrisa.

–Si no te importa que te lo diga, no pareces la viva imagen de la radiante recién casada. ¿Qué ocurre?

–¿Y por qué iba a ocurrir nada? –repuso Peyton.

–Si me baso en el análisis de compatibilidad con mi nieto, no debería ocurrir absolutamente nada. Sin embargo, resulta evidente que no eres feliz. ¿Qué es lo que pasa?

A pesar de que Alice sabía que no era probable que Peyton le dijera la verdad de lo que pasaba, tenía que preguntar. Vio cómo la joven apartaba la mirada y buscaba a Galen. Él levantó los ojos y la miró a su vez a ella. Peyton se tensó visiblemente y sus mejillas se ruborizaron. «Bien», pensó Alice. Había un vínculo entre ellos.

—Supongo que resulta difícil expresarlo con palabras —admitió por fin Peyton.

—Por supuesto que lo es. Mira, ¿te importa si nos sentamos allí? Mi fuerza ya no es lo que era.

—Claro.

—Ya no tengo la misma energía que antes —añadió mientras Peyton se sentaba frente a ella—. Ahora, dime qué es lo que ocurre.

—Estoy segura de que no nos puedes ayudar.

—Tengo mucha experiencia a mis espaldas, querida. Ponme a prueba.

—En realidad, preferiría no hablar al respecto. ¿Podemos hablar sobre ti?

—¿Sobre mí? —preguntó Alice.

—Sí, sobre ti. Eres fascinante. Convertiste un negocio de éxito en un imperio. No es una hazaña que esté al alcance de muchas mujeres —dijo Peyton con una admiración que a Alice le parecía forzada—. Me imagino que tuviste que tomar decisiones difíciles a lo largo de tu vida.

—Trabajé mucho y me aseguré de que jamás perdía el contacto con el latido de los negocios. Todos los departamentos me informaban a mí personalmente. Además, me aseguré de tener a las personas adecuadas en esos departamentos. Los que no lo eran, se marcharon. Por suerte, no hubo más que unos pocos.

Alice observó durante un instante cómo Peyton digería aquellas palabras.

—Debes de haber hecho algunos enemigos por el camino.

–Algunos. Nadie llega a lo más alto sin tener enfrentamientos. Me lamento de algunas cosas y ahora que soy mayor, esas cosas me pesan sobre los hombros, pero siempre afronto mis decisiones.

–¿Qué te empujó a establecer Matrimonios a Medida cuando ya te habías jubilado de Horvath Corporation? ¿Fue una decisión económica o la tomaste solo por aburrimiento?

Alice soltó una carcajada.

–Querida mía, no tienes precio. Tengo que admitir que admiro lo franca que eres. En realidad, me recuerdas a mí. Cuando me jubilé de Horvath Corporation, descubrí que me hacía falta un desafío. Dado que muchas de las parejas que yo había presentado a lo largo de los años habían terminado formando uniones duraderas, decidí que estaría bien hacerme con la ayuda de algunos expertos y convertirlo en algo oficial. No todas las agencias de este tipo pueden presumir de tener una tasa de éxito del cien por cien. A mí no me gustan esas cosas modernas de las aplicaciones de móviles en las que deslizas hacia la derecha o hacia la izquierda en función de una breve descripción y una foto. Hace falta fuerza y resistencia para construir un matrimonio, además de la atracción física, claro. Mi nieto es un hombre muy guapo, ¿verdad?

–Sí, sí –afirmó Peyton automáticamente–. Cuando hablas de esa tasa de éxito, ¿te basas en las parejas que consiguen seguir juntas durante años o simplemente en las parejas que sobreviven al periodo de prueba de tres meses?

–A las que siguen juntas durante años, por supuesto –respondió Alice mientras miraba seriamente a Peyton–. ¿Sabes una cosa? Encontrar la pareja perfecta es algo maravilloso. Sabía que eras perfecta para Galen y que él lo era para ti. En cuanto a Ellie… Ella es la guinda del pastel para vosotros dos. Es una niña tan encantadora. Yo la quiero mucho. Una familia no es solo las personas con las que nos unen lazos de sangre. Es mucho más.

Después de seguir hablando un rato más, Peyton se excusó y se marchó. Alice se quedó donde estaba, observándola. Se preguntó si habría hecho lo suficiente o ya había llegado un poquito tarde.

–Creo que hoy me quedaré en casa –anunció Peyton a la mañana siguiente durante el desayuno.

–¿Es que ya no nos quieres? –le preguntó Ellie.

Galen esperó la respuesta de Peyton.

–Claro que sí –protestó Peyton.

–Desde que hemos regresado, te comportas de un modo diferente –insistió la niña.

–Eso es porque hemos regresado. Tengo que retomar mi trabajo. La vida no es unas vacaciones perpetuas, ¿sabes?

–¿Qué significa «perpetuas»?

Galen tomó la palabra antes de que Peyton pudiera responder.

–Es algo que no termina nunca. ¿Qué te parece si lo buscas en tu diccionario y ves si lo puedes utilizar en una frase cuando vayas mañana al colegio?

–Buena idea –dijo Ellie. Entonces, se levantó de la mesa y se marchó a su habitación.

Galen se sentó en la silla que la pequeña había dejado vacía y miró a Peyton.

–Tu opinión es importante. Vas a ser el hogar para los tres. Por supuesto necesitamos que vengas. Te lo ruego.

Galen observó mientras ella libraba una batalla interna.

–Está bien. Iré.

Los dos se levantaron de la mesa al mismo tiempo y se chocaron el uno contra el otro. Galen levantó las manos para sujetarla y ella lo miró. Galen vio confusión en sus ojos y, de repente, algo más que ella se encargó de ocultar muy rápidamente. Entonces, él bajó las manos y se preguntó por qué ella seguía tan decidida a aumentar la distancia que había entre ellos todo lo que le fuera posible.

–Peyton, ¿qué es lo que he hecho para disgustarte tanto?

–No me has disgustado –dijo dando un paso atrás.

–¿De verdad? A mí me parece que ya no puedes soportar estar en el mismo espacio que yo y, para serte sincero, yo creía que estábamos progresando.

–¿Progresando? –repitió ella como si no entendiera a qué se refería él–. Corrígeme si me equivoco, pero te casaste para crear un ambiente más estable para Ellie, ¿no?

–Así es.

–Me dijiste que no estabas buscando pasión ni nada de eso.

–Tal vez haya dicho esas palabras, pero eso no significa que, dada la evidente atracción que existe entre nosotros, no podamos aspirar a construir algo más.

–Para serte sincera, Galen, no creo que sea buena idea. A Ellie le enviaría un mensaje que la confundiría si nos ve embarcándonos en una relación romántica cuando apenas si nos conocemos.

—Es verdad, pero a ella le gustó mucho cuando nos besamos. Para ella, es normal ver que las personas que la quieren a ella se quieran también entre ellas.

—No me puedo creer que estés utilizando eso para tratar de acostarte conmigo.

Las palabras de Peyton le cayeron encima a Galen como un cubo de agua helada.

—Mira, estás sacando todo esto fuera de contexto. Sí, lo único que buscaba era una unión sin complicaciones con una mujer que pensara como yo. Entonces, inesperadamente, me encontré contigo y nos casamos. No te voy a mentir —prosiguió Galen después de una pequeña pausa—, me siento tan atraído por ti que casi no puedo ni pensar. Aquella noche, en la playa, fue mágica. Puedo entender que, probablemente, fuimos demasiado rápido para tu gusto y entiendo que no quieras apresurarte en esa faceta del matrimonio, pero, al menos, dame algo de esperanza para el futuro. Si nos emparejaron, fue porque tenemos intereses y gustos similares. Por favor, no me digas que me estoy equivocando y que no tenemos nada en común o que no me encuentras atractivo, porque no me lo voy a creer.

Peyton había palidecido.

—¿Nos vamos ya? —preguntó Ellie mientras regresaba saltando a la cocina.

—Solo tengo que ir a por mi bolso —dijo Peyton mientras salía tan rápidamente como podía de la cocina.

Ya habían visitado dos casas. Las dos eran muy bonitas, pero no resultaban muy adecuadas para sus requerimientos. Galen había insistido en que no quería que Ellie estuviera demasiado lejos de su colegio de ni de sus amigas. El agente le aseguró que la última propiedad de la lista sería la más adecuada para sus necesidades. Cuando aparcaron frente al garaje de la finca, Peyton empezó a pensar que tal vez tendría razón. Aquella casa parecía lo suficiente grande para los tres. Los dormitorios no estaban demasiado juntos y no se estarían encontrándose constantemente. Allí, Peyton podría disfrutar de su espacio mientras terminaba su artículo.

Después de eso, resultó increíble lo rápido que fueron las cosas. Les dijeron que podrían entrar a vivir en la casa al siguiente fin de semana.

—Puedo hacer que una furgoneta recoja las cosas de tu casa —le ofreció Galen mientras se dirigían a su apartamento.

—No, no hace falta. He pensado que, por el momento, me voy a quedar con mi apartamento.

Galen la miró brevemente antes de centrar de nuevo su atención en la carretera. Peyton se dio cuenta de que él apretaba el volante con fuerza. Afortunadamente, él no volvió a sacar el tema durante el trayecto de vuelta a casa.

Sin embargo, cuando Ellie se fue a dormir y antes de que Peyton pudiera escapar a su propio dormitorio, Galen le pidió que le acompañara a tomar la última copa. Peyton se sintió atrapada, pero aceptó la copa que él le ofrecía y se sentó en una de las butacas que había frente al sofá.

–¿De qué se trata? –le preguntó ella sin andarse por las ramas.

–Nunca mencionaste que fueras a mantener tu apartamento.

–Mira, aún es muy pronto. No puedes culparme por ser un poco cautelosa.

–Peyton, estamos casados. Eso supone un nivel de compromiso que no veo por tu parte.

–Vaya, ahora me estás haciendo sentir como si me acabaran de enviar a hablar con el director del colegio –dijo ella para tratar de aligerar el ambiente.

Decidió afrontar aquella conversación desde otro ángulo. Tal vez una mezcla de honestidad, unas cuantas palabras elegidas sobre su pasado y una apelación a su sentido de la caballerosidad la sacarían del tremendo lío en el que se encontraba.

–Mira, Galen. He evitado el compromiso durante mucho tiempo a causa de una experiencia realmente traumática que tuve en el pasado. Yo... –se detuvo para causar mayor efecto, aunque también porque se le había formado un enorme nudo en la garganta–. Amé profundamente a alguien. Perderlo me hizo mucho daño. No sé si voy a ser capaz de volver a sentir ese nivel de amor por otra persona.

Galen se inclinó hacia delante.

–¿Podemos al menos intentarlo? –le preguntó él–. Evidentemente, existe atracción entre nosotros. Tú elegiste meterte en esto conmigo. Nadie te obligó. Tenías que saber que la intimidad de pareja surgiría en algún momento.

–¡Pero no tan pronto! –le espetó ella sin pensar–. No quiero volver a correr el riesgo de sufrir de esa manera. Te ruego que lo respetes.

–Entonces, ¿quieres la apariencia de tener un matrimonio normal, pero sin lo que todo el mundo espera?

–¿Acaso no es eso lo que tú deseabas también? –le preguntó ella recordando las palabras que él le había dicho durante su banquete de bodas.

Galen suspiró y se reclinó de nuevo sobre el respaldo de la butaca. Se colocó las manos sobre los muslos. A Peyton le resultaba imposible apartar la mirada de aquellas manos. No podía evitar recordar las suaves caricias que le proporcionaron sobre su piel.

–Es lo que creía que deseaba, pero aquí estamos, solo una semana después y, para ser totalmente sincero contigo, ahora sí quiero más.

Peyton levantó la mirada para observarle el rostro.

–No te puedo dar más. Al menos todavía no.

Incluso mientras pronunciaba aquellas palabras, sintió que la culpabilidad la atenazaba por completo. Si las circunstancias hubieran sido diferentes entonces, tal vez habría aceptado lo que él le ofrecía con ambas manos. Sin embargo, no era así. Tan sencillo como eso.

–Bueno, supongo que tendré que darte las gracias por tu sinceridad y esperar que, en algún momento, cambien tus sentimientos sobre este asunto. Sin embargo, eso no cambiará lo que yo siento por ti.

Peyton asintió y le dio un sorbo al brandy, que le caldeó agradablemente la garganta.

–Tus sentimientos hacia mí podrían cambiar también –le dijo ella pensando en cómo reaccionaría Galen cuando descubriera la verdadera razón que ella tenía para casarse con él.

Dudaba que, entonces, Galen se mostrara con tantas ganas de hacer que aquel matrimonio fuera de verdad. De hecho, dudaba incluso que él pudiera soportar tenerla delante. Ese pensamiento le atravesó el corazón como una flecha ardiente, pero se obligó a ignorar aquella sensación. Las personas se hacían daño unas a otras. A ella le habían hecho daño bastantes veces en el pasado como para saber que no deseaba volver a pasar por aquello.

–Necesito ir a acostarme pronto. Gracias por la copa.

Mientras se levantaba y llevaba su vaso a la cocina, dejando a Galen en la semioscuridad del salón, no puedo dejar de reconocer que, de algún modo, él había conseguido atravesar los laberínticos pasillos que Peyton había erigido para proteger sus sentimientos. Cuando se alejara de él, también le dolería profundamente.

Capítulo Once

–Pero no quiero ir. ¿Por qué tengo que hacerlo?

Peyton escuchó las protestas de Ellie mientras bajaba a desayunar. Llevaban una semana en la casa nueva y cada mañana se había producido un nuevo drama.

–Es para que puedas conseguir tu siguiente medalla de guía scout, ¿no? –le respondió Galen–. Además, van a ir todas tus amigas. Solo es una noche, Ellie y te encanta el museo.

–No voy a ir –insistió Ellie con la misma fuerza que la primera vez.

–Claro que vas a ir, jovencita –respondió Galen con idéntica determinación.

Peyton entraba en la cocina justo en el momento en el que el labio inferior de Ellie empezaba a temblar.

–Hola, ¿qué está pasando?

–Galen dice que tengo que ir, pero yo no quiero y no voy a ir –dijo Ellie con voz temblorosa.

–Claro que va a ir –replicó Galen con la voz más firme de lo que Peyton le había escuchado nunca.

–A ver, un momento –dijo Peyton mientras levantaba las manos–. En primer lugar, Ellie, dime a qué viene todo esto.

Peyton miró a Galen para advertirle de que guardara silencio mientras Ellie se explicaba.

—Suena muy divertido. ¿Y por qué no quieres ir?

—¿Y si os ocurre algo?

—¿Ocurrir? ¿A qué te refieres?

Ellie agachó los hombros y, en ese momento, una lágrima comenzó a deslizársele por la mejilla. Peyton se agachó y le agarró las manos.

—¿Lo que les pasó a tus padres?

Ellie asintió. Peyton la estrechó en los brazos.

—Ay, cariño… Entiendo perfectamente por qué tienes miedo. ¿Te ayudaría a sentirte mejor si te dijera que Galen y yo haremos todo lo posible para cuidarnos el uno al otro mientras tú estés fuera? Tal vez podamos hablar con tus monitoras para que nos llamen por la noche. ¿Te ayudaría eso?

—A lo mejor…

Peyton miró a Galen y él asintió.

—Las llamaré ahora mismo, ¿te parece bien, Ellie?

Galen salió de la cocina y Peyton oyó cómo realizaba la llamada. Se dio cuenta de que aún tenía a Ellie entre sus brazos y se percató también de que, aunque había evitado hasta entonces mostrarse afectuosa con la pequeña, le gustaba tenerla entre sus brazos, ser la que le ofrecía consuelo.

Se preguntó si los que adoptaron a su hija la consolarían así cuando estuviera sufriendo. Tener a Ellie entre sus brazos llenaba un hueco en su interior que no había querido reconocer que existía.

Le dio a la niña un último abrazo y la soltó. No se podía permitir caer en esa trampa.

—Está bien, tenemos una reunión después del colegio con una de las monitoras que irá contigo en la excursión —anunció Galen cuando volvió a entrar en la cocina–. Juntos, planearemos una estrategia. ¿De acuerdo?

Ellie parecía confusa.

–¿Una qué?

Peyton le acarició la mejilla a la niña. Ya no tenía que reconfortarla, pero parecía que le resultaba imposible detenerse.

–Nos vamos a reunir para ver cómo podemos conseguir que te sientas segura durante la excursión. No nos gustaría que te perdieras algo que sabemos que te va a encantar.

–¿Y si, a pesar de todo, sigo sin querer ir?

–Bueno, si eso ocurre ya veremos qué hacemos –le dijo Peyton.

–Venga, cielo. Recoge tu mochila. El autobús de la ruta va a llegar dentro de unos minutos –le recordó Galen.

Ellie tomó su mochila y salió de la cocina. De repente, se detuvo en seco y, tras dar la vuelta, volvió corriendo hacia Peyton. Le rodeó el cuello con los brazos y le susurró al oído:

–Te quiero.

Antes de que Peyton pudiera reaccionar y responder, Ellie se había marchado corriendo hacia la puerta con Galen pisándole los talones.

Le aterraba. No estaba allí para convertirse en la madre de Ellie. De hecho, tampoco estaba para convertirse en la esposa de Galen. Lo que había planeado hacer les haría daño a los dos.

¿Qué iba a hacer?

***

Una semana más tarde, se reunieron con todos los padres para despedir el autobús en el que las niñas se iban de excursión. Galen apoyó el brazo sobre los hombros de Peyton y se alegró de que, por una vez, ella no se apartara. Además, a juzgar por el brillo que había visto en los ojos de su esposa cuando Ellie se dio la vuelta en la escalera del autobús para despedirse de ellos, Peyton no se mostraba tan indiferente a aquel momento como había tratado de transmitir.

–Estaba pensando que, tal vez, podríamos ir a dar un paseo en coche hoy para almorzar en alguna parte –le murmuró él al oído.

–Me parece una idea estupenda, pero tengo que hacer algunas llamadas.

Asintió. Aquella era una batalla para otro día.

–Está bien. Tal vez en otra ocasión.

Ella se relajó visiblemente.

–Sí, claro. En otra ocasión.

–Te dejaré primero en casa antes de irme a mi despacho un rato.

–Gracias.

Galen suspiró. Se dirigieron juntos al coche. Juntos, sí, pero separados también. Nada de roces ni de contacto alguno.

Después de dejarla en casa, se dirigió a las oficinas centrales de Horvath Hotels & Resorts y se acomodó en su despacho. Trató de concentrarse para poder trabajar, pero fue inútil. En lo único en lo que podía pensar era en Peyton y en lo poco que sabía sobre ella. Se dio cuenta de que había alguien que podría ayudarle. Su abuela. Empezó a juguetear con el bolígrafo entre los dedos. Tenía que hacerlo solo. No era propio de él acudir a otra persona cuando tenía un problema.

Tomó el teléfono y llamó al ama de llaves. Cuando Maggie contestó el teléfono, Galen le explicó lo que tenía en mente. Ella se mostró encantada de hacerle la compra y le aseguró que lo tendría todo en el frigorífico cuando llegara a casa. Galen colgó satisfecho de que, por fin, tenía un plan.

Llegó a casa y fue a cambiarse. Notó que la puerta del despacho de Peyton estaba cerrada, lo que indicaba sin lugar a dudas que ella estaba trabajando en casa. Se puso unos vaqueros y una camiseta y bajó de nuevo para ir a la cocina. Abrió el frigorífico y, tal y como Maggie le había prometido, allí tenía todo lo que le había encargado. Sacó el pollo y preparó un marinado de miel y romero. Lo salpimentó y lo llevó al exterior para asarlo en la barbacoa. Después, lavó unas patatas y las puso en una cazuela. Después, cortó el calabacín, las setas, las cebollas y los pimientos y los puso en unos pinchos de metal para llevarlos también a la barbacoa antes de que el pollo estuviera preparado.

Colocó en un jarrón unas cuantas flores del jardín y puso también un par de velas blancas.

Bajó a la bodega a elegir una botella de vino. Volvió a subir y se sorprendió al encontrar a Peyton en la cocina.

—Algo olía muy bien, así que he bajado para ver de qué se trataba.

Galen sonrió. La ventana de su despacho quedaba justo encima de la barbacoa. Ese había sido otro motivo adicional para cocinar el pollo en el exterior.

—¿Has comido? —le preguntó él.

—No.

—Bueno, pues te agradará saber que a mí se me da bastante bien la cocina.

Sacó una tabla de madera y se dirigió al frigorífico, del que sacó tentadores manjares para picar un poco hasta que la cena estuviera lista.

—¿Quieres que te lleve algo?

—¿Qué te parece si llevas el vino y las copas?

Galen regresó a la cocina después de dejar la tabla sobre la mesa del jardín. Peyton se sentó y sirvió el vino. Cuando él regresó, se sentó junto a ella para que los dos estuvieran mirando hacia el Sound.

—Por nosotros —dijo él mientras levantaba su copa.

—Sí, por nosotros...

Peyton no pareció mostrarse muy entusiasta por el brindis, pero lo hizo de todas formas. Galen se lo tomó como una pequeña victoria.

—¿Has avanzado mucho hoy en tu trabajo?

—Sí. Me he pasado gran parte de la tarde recopilando información. La redacción del artículo viene después.

—Me imagino que te resulta difícil decidir lo que vas a utilizar y lo que debes dejar fuera.

—Sí, puede ser, en especial cuando algún tema te toca de cerca.

Peyton tomó un trozo de pan y untó un poco de Brie. Galen vio cómo lo mordía y sintió que el cuerpo se le tensaba al escuchar cómo ella gruñía de gusto.

—Está muy bueno… Prueba un poco.

Así de fácil, ella consiguió desviar la conversación en otra dirección. Galen decidió que se lo permitiría por el momento, pero tarde o temprano, Peyton se abriría a él y la escucharía.

Cuando la cena estuvo preparada, fueron al comedor. Galen sabía que ella estaba mucho más relajada. Sentía que ella había permitido que las barreras descendieran ligeramente.

Después de cenar, se retiraron al salón. Las vistas eran espectaculares. Peyton se sentó en el sofá con un suspiro de felicidad.

—Ha sido una cena verdaderamente deliciosa. Gracias.

—De nada.

Galen volvió a llenar las copas de vino y le entregó la suya a Peyton.

—Todo está muy silencioso sin Ellie —comentó ella.

—Se te da muy bien tratar a la niña. Lo estás haciendo genial.

El rostro de Peyton se quedó impasible, pero luego sonrió. Galen la observó y se dio cuenta de que, cuando sonreía, no había alegría en el gesto.

—Me alegro de que pienses así. A pesar de que hace poco tiempo que ejerces de padre con ella, tú también lo haces muy bien. Como si no hubiera esfuerzo alguno. A mí lo de ejercer de madre no me sale con naturalidad —comentó mientras se sentaba encima de los pies sobre el sofá.

Galen sintió que tenía mucho más que decir, pero que estaba tratando de encontrar las palabras exactas. En vez de obligarla, mantuvo el silencio y observó cómo los sentimientos se le reflejaban en el rostro. Ella respiró profundamente y dejó escapar el aire con lentitud, como si se estuviera preparando para algo realmente importante. Galen sintió que su cuerpo se tensaba.

–Yo… –empezó ella. Se aclaró la garganta antes de continuar–. Tuve una hija hace algunos años. La di en adopción.

Capítulo Doce

Peyton notó que el corazón le latía con fuerza en el pecho. Ya estaba. Había dicho las palabras en voz alta. El secreto que tan solo conocían su padre y el resto de personas implicadas en el nacimiento y adopción de su niña. Se sorprendió al ver que Galen no parecía tan escandalizado como se había temido en un principio. De hecho, cuando habló, su voz fue extremadamente amable.

—¿Cuánto tiempo hace de eso?

—Casi diez años.

—Entonces, ¿tu hija tendría aproximadamente la misma edad de Ellie? Debe de ser muy difícil para ti. No lo sabía…

—Bueno, no incluí la información en mi solicitud —dijo mientras trataba de aligerar el ambiente—. No es algo de lo que me guste hablar.

Sin embargo, el nudo que tenía en la garganta se le iba haciendo cada vez más grande. Tragó saliva para tratar de aliviarlo, temiendo que se echara a llorar delante de Galen. Siempre trataba de mantener sus sentimientos bajo control, pero en aquellos momentos le estaba costando más que de costumbre.

—Era absolutamente perfecta… —consiguió decir, recordando durante un breve instante los rosados labios, el suave cabello rubio y el dulce aroma de la pequeña.

—¿Y su padre? ¿Te apoyó?

—Estaba muerto.

—¿Sabía lo de la niña?

—Era un marine. Murió en su primera misión. No en combate, sino en un accidente de coche. Yo no me enteré hasta un poco después. Cuando me puse en contacto con él para decirle que estaba embarazada y no me contestó, pensé que me estaba evitando. Ya sabes… Estuvo bien mientras duró, pero ahora si te he visto no me acuerdo.

Galen se levantó y se sentó junto a ella.

—Peyton, lo siento mucho… ¿Te ayudaron tus padres?

—Mi madre murió cuando yo estaba en el instituto. Mi padre, bueno…

¿Cómo podía ella describir a su padre? Amargado. Enojado. Resentido. Le había dicho que ya era mayorcita para solucionar sus propios problemas.

Peyton no se dio cuenta de que Galen le había tomado la mano, pero el cálido contacto la tranquilizaba.

—Fue un infierno. Yo aún estaba en la universidad, terminando mis estudios. No sabía qué hacer ni a quién acudir. Unas semanas antes de que naciera decidí que, pasara lo que pasara, no me podía quedar con ella. Alguien me dio información sobre la adopción y me decanté por eso.

Peyton no mencionó el hecho de que elegir esa opción le hizo sentir como si su hija fuera algo que vender y comprar y no un ser humano.

—¿Tienes información sobre tu hija?

—No. Yo no quise. No me pareció que fuera justo darla y esperar seguir formando parte de su vida.

–¿Y si ella desea conocerte algún día?

–Eso dependerá de ella. Su familia adoptiva insistió en ello.

–Parecen buenas personas.

–Ciertamente espero que lo sean y que ella sea feliz.

La voz se le rompió al pronunciar aquella última palabra. Cerró los ojos para sucumbir a los sentimientos que amenazaban con derrumbarla. La razón por la que había tenido bien guardado dentro de sí era su propia subsistencia.

–Galen…

–¿Sí?

–¿Me harías el amor?

Sintió que él se tensaba a su lado y que le agarraba la mano tan fuerte que casi le resultaba doloroso.

–¿Estás segura, Peyton?

Ella se movió ligeramente en el sofá de manera que quedó mirándole. Su boca estaba tan solo a pocos centímetros de la de Galen.

–Sí.

Entonces, se inclinó sobre él y le besó. No quería perder el tiempo con palabras. Las palabras solo despertaban el dolor y la pena que tan profundamente había guardado hasta entonces. En aquel momento, quería actos, sentimientos, sensaciones. Todo lo que pudiera experimentar para que el dolor no le resultara insoportable.

Los labios de Galen eran suaves y generosos contra los de ella. Peyton no perdió el tiempo. Se colocó de rodillas y se sentó a horcajadas encima de él. Le sujetó la cabeza entre las manos y le besó profundamente. No tardó en sentir cómo el cuerpo de Galen respondía. La llama del deseo había prendido entre ellos. Entonces, de repente, la apartó de su cuerpo.

–¿Qué pasa? ¿Acaso no lo deseas? –le preguntó ella, atónita.

–Claro que lo deseo, pero quiero estar seguro de que tú también lo deseas. Por mucho que quiera permitir que me uses para olvidarte de tu pasado, no puedo hacerte el amor y luego volver al mismo punto en el que estábamos esta mañana.

Galen estaba pidiéndole compromiso. Era razonable. Era tan astuto que daba miedo. Sin embargo, en aquellos momentos su mente y su cuerpo reclamaban el alivio que sabía que estar con él podría proporcionarle. No quería pensar más allá de aquel momento. ¿El compromiso? Era demasiado. Pero él necesitaba una respuesta y ella se la debía.

–Lo comprendo –se obligó a decir.

Ya se enfrentaría al resultado de lo que eligiera aquella noche más tarde. En aquellos momentos, lo deseaba y quería olvidarse de todo. Volvió a besarle y movió las caderas para que su cuerpo realizara una deliciosa fricción contra el de él. Quería que Galen supiera lo mucho que lo deseaba.

–No estás siendo justa, Peyton –susurró él contra sus labios–. Me estás atormentando. De hecho, llevas siendo mi tormento desde la primera vez que te vi.

–En ese caso, aliviemos juntos nuestro tormento. Vayamos al dormitorio.

Se levantó de encima de él y se quedó de pie, con la mano extendida. Había realizado su invitación. Era Galen el que debía aceptarla. Él no lo dudó. Agarró la mano que ella le ofrecía y se levantó. Entonces, subieron juntos la escalera para llegar a la habitación principal.

–Si no quieres ir más allá, ahora es el momento de dejarlo, Peyton. Lo dijo en serio.

–En ese caso, no finjamos –respondió ella. Se acercó a él para acariciarle el rostro–. Tan solemne…: Vamos a ver si lo podemos cambiar –murmuró antes de ponerse de puntillas para volver a besarlo.

–Cuando haces eso no puedo pensar.

–¿Y cuando hago esto?

Le deslizó las manos por debajo de la camiseta hasta llevárselas al pecho. Cuando encontró los pezones, se los apretó suavemente.

–También cuando haces eso…

–¿Y esto?

Dejó caer la mano por el torso y por el vientre hasta llegar a la cinturilla de los vaqueros. Galen contuvo el aliento, lo que le permitió a ella deslizar la mano hacia dentro y acariciarle a través de los calzoncillos.

–Y ciertamente también cuando haces eso –gruñó él–. De hecho, cuando haces cualquier cosa.

Peyton le agarró el miembro suavemente y se lo apretó ligeramente antes de sacar la mano.

–Llevas puesta demasiada ropa para lo que quiero hacerte.

–¿A mí? ¿O conmigo?

–Las dos cosas. Lo que sea… ¿Acaso importa?

–Claro que importa. En lo que a ti se refiere, Peyton, todo importa.

Había algo en el tono de su voz que hizo que Peyton se detuviera y que le hiciera preguntarse si estaba haciendo lo correcto. Sin embargo, el zumbido de su pulso y la deliciosa tensión de su cuerpo le dijo más que nada estaba en el lugar adecuado y en el momento adecuado. Encontrarían el placer el uno en el otro, eso por descontado. Galen la encendía como si fuera una hoguera cuando la besaba. Cuando la tocaba…

No quería seguir pensando. En vez de eso, le agarró la camiseta y se la sacó por la cabeza antes de dejarla caer al suelo del dormitorio. Entonces, se ocupó de los vaqueros. Le desabrochó torpemente los botones y le deslizó las manos por debajo de los calzoncillos para poder bajarle las dos prendas a la vez. Galen quedó allí, frente a ella, desnudo en toda su gloria. Quería tocarlo, saborearlo, sentirlo… Contuvo el aliento y se quitó su propia ropa. En el momento en el que estuvo completamente desnuda, se abrazó a él para absorber su fuerza y su calor. Galen le cubrió la espalda con las manos y la apretó con fuerza contra su cuerpo.

Peyton levantó el rostro hacia el de él y dio la bienvenida a la fiereza de su beso, al asalto de la lengua. Aquello era precisamente lo que necesitaba. A Galen. Por todas partes.

Fueron avanzando hacia la cama, sobre la que él cayó de espaldas. Peyton se sentó a horcajadas sobre él y le empujó hasta que quedó completamente tumbado. Con las manos, Peyton comenzó a moldearle los músculos de los hombros y se inclinó sobre él para besarle la garganta. Desde allí, fue dejando un húmedo rastro hasta llegar al torso. Aspiraba ávidamente el aroma que emanaba de su piel. Olía a especias y a mar. Nunca jamás podría volver a sentir el aroma del océano sin pensar en él.

Se movió un poco para seguir bajando con sus besos. Entonces, con la yema de los dedos, tocó delicadamente el vello que se dirigía en flecha hacia la parte baja del vientre. A continuación, hizo lo mismo con los labios y con la lengua…

La erección de Galen se levantó hacia ella, rozándole los pechos. La agarró con la mano y, lentamente, comenzó a acariciar su cálida y sedosa piel. La carne parecía cobrar vida en la mano cuando ella la apretaba con fuerza.

—¿Te gusta? —le preguntó.

—Me gusta todo lo que me haces…

Peyton bajó la boca hasta la engrosada cabeza del pene y sacó la lengua para acariciarla ligeramente. Galen se echó a temblar

—En especial eso… —susurró con voz temblorosa.

Peyton le acarició los fuertes muslos con las manos y le besó en la base antes de recorrer toda su longitud con la lengua para terminar acogiéndolo dentro de su boca. Galen le enredó los dedos en el cabello mientras ella hacía girar la lengua primero, para introducírselo después más profundamente en la boca y aspirar con fuerza. El cuerpo de Galen se tensó. Peyton sabía que estaba a punto de verterse, por lo que alivió la presión de la boca y se colocó encima de él. Se situó encima del reluciente miembro.

—Me alegro de que no vayamos a tener interrupciones —murmuró mientras empezaba a acogerlo dentro de su cuerpo.

Galen gruñó de placer cuando ella se hundió en él y empezó a moverse.

—Me alegro de que te alegres… —musitó, casi sin poder hablar.

Peyton sabía cómo se sentía. En aquellos momentos, lo único que deseaba era moverse, girar y sacar todo el placer que pudiera del cuerpo de Galen. Sin embargo, primero deseaba darle placer a él. comenzó a moverse suavemente, profunda y lentamente. Galen levantó las manos y le cubrió los pechos. Los dedos comenzaron inmediatamente a jugar con los pezones, primero suavemente y luego apretándoselos un poco más hasta que el delicioso dolor hizo que los músculos internos se le tensaran en un acto involuntario de placer tan intenso que ella pensó que Galen la iba a hacer correrse tan solo con ese gesto.

Luchó para no ceder. Cuando alcanzara el orgasmo, lo haría con él porque así lo deseaba. Incrementó los movimientos e inclinó el peso de su cuerpo sobre los brazos de él para ir cada vez más deprisa. Galen tenía la mirada prendida en la de ella, observándola como si pudiera ver más allá de todas las barreras para llegar a contemplar su alma. Entonces, sintió que él se tensaba debajo de ella. El orgasmo le recorrió todo el cuerpo, haciendo que se tensara contra el de ella. En ese momento, Peyton se dejó ir y se permitió fundirse, desaparecer en la oleada de satisfacción que le arrebató el aliento del cuerpo y los recuerdos del pensamiento.

Aquello era precisamente lo que necesitaba. Lo que quería. El olvido.

Capítulo Trece

Hacer el amor con Peyton fue lo que Galen había soñado y mucho más. Sin embargo, mientras habían sido capaces de alcanzar juntos la perfección física, seguía habiendo una importante desconexión entre ambos. Ella le había pillado desprevenido la noche anterior, primero con la noticia de la niña que había dado en adopción y luego con la propuesta para hacer el amor.

Aunque le había dejado claro que, si daban aquel paso en su relación, eso significaba que no podían volver atrás, no podía dejar de preguntarse si ella no le habría dicho sencillamente lo que él quería oír para conseguir lo que necesitaba en aquel momento.

¿Qué iba a ocurrir a continuación?

Peyton se movió en la cama. De repente, su cuerpo se había puesto tenso.

—¿Te encuentras bien? —le preguntó él.

Ella se estiró y se dio la vuelta para mirarle.

—Estoy bien. ¿Y tú?

Galen extendió una mano y le apartó el cabello del rostro. Estaba disfrutando de aquellos momentos de intimidad.

—Estoy genial. ¿No te arrepientes?

Galen sintió que tenía que preguntarle, necesitaba saber lo que ella estaba pensando, lo que planeaba hacer después de que la noche diera paso al día. Peyton tenía los ojos ligeramente ensombrecidos cuando se sentó rápidamente sobre la cama. La sábana se le cayó del cuerpo y dejó al descubierto la piel desnuda a los hambrientos ojos de él.

Peyton negó con la cabeza y lo miró por encima del hombro.

—Yo no. Voy a darme una ducha. Después, nos prepararé un enorme desayuno. Estoy muerta de hambre.

Galen sonrió y sintió que la tensión que había estado experimentando desaparecía.

—Me parece una idea estupenda. ¿Quieres que te frote la espalda?

Ella se echó a reír.

—Si lo haces, el desayuno se convertirá en almuerzo.

—Puedo esperar…

Las pupilas de Peyton se dilataron y los pezones se le irguieron en rosados montículos, unos pezones que le habían parecido perfectos mientras los apretaba entre los dedos o los lamía con la lengua. Peyton había sido una amante muy desinhibida. La noche anterior había sido excepcional. Había algo en ella que lo empujaba a desear más, física y emocionalmente. Se levantó de la cama y se dirigió hacia ella. Peyton le recorrió el cuerpo con la mirada para detenerse justo por debajo de las caderas.

—Veo que tienes otra cosa en mente… —comentó con una pícara sonrisa.

Al ver aquel delicioso gesto, Galen sintió que algo se le tensaba en el pecho. ¿Era aquello el amor? Extendió una mano hacia ella y tiró. Alineó su cuerpo desnudo contra el de ella y gozó con el calor que desprendían las zonas en las que los dos cuerpos se tocaban. No creía que pudiera saciarse nunca de ella. Nunca.

—Precisamente en este momento tengo muchas cosas en mente… Cada una de ellas centrada exclusivamente en ti.

Ella contuvo el aliento y Galen vio cómo el deseo se despertaba en sus hermosos rasgos, un deseo que se vio rápidamente enmascarado por algo más. Se le daba muy bien. Era una experta en enmascarar sus verdaderos pensamientos y sentimientos. De hecho, la única vez que creía haberla visto al cien por cien abierta y sincera con él había sido la noche anterior, en la cama. Si eso era lo que hacía falta para conocerla y comprenderla, entonces, se prestaba encantado a la tarea.

Mantenerla amada y satisfecha sería un honor y un placer.

—Vamos —le dijo con voz ronca—. A la ducha.

—Vamos a tener que darnos prisa si queremos llegar a tiempo para recibir el autobús de Ellie —dijo Peyton con una carcajada mientras batía los huevos en un bol.

—Yo puedo preparar el beicon en la parrilla del jardín si quieres. Así iremos más deprisa.

—Gracias. Esto solo me llevará unos minutos.

—Pues me pongo a ello.

Galen sacó el beicon y se dirigió al patio. No se había sentido nunca tan feliz. Tal vez era el hecho de dejar de controlar sus sentimientos lo que le hacía sentirse como si hubiera estado en la montaña rusa más maravillosa de su vida. Fuera lo que fuera, le gustaba.

Miró hacia la cocina a través de la ventana y observó a Peyton. Era la escena perfecta de la felicidad doméstica, algo que tristemente les había faltado las semanas anteriores. Ella se había mostrado muy cautelosa y Galen tenía que reconocer que él también. La noche anterior, cuando ella le habló de su hija, había abierto las puertas entre ellos. Sin embargo, Galen sabía que ella aún no se había abierto por completo. Peyton era una mujer compleja, con múltiples capas. Galen solo había retirado una, a pesar de que era muy importante y dolorosa.

Peyton no había tenido ningún apoyo. No era de extrañar que fuera tan reservada y distante. No era de extrañar que temiera el amor. Cuanto más empezaba a entenderla, más se daba cuenta de que era el miedo lo que la contenía, tanto si ella se había dado cuenta como si no.

—¿Piensas abrasar ese beicon? —preguntó Peyton desde la cocina, sacándole de su ensoñación.

—Como si yo fuera capaz de hacer algo así —replicó él. Rápidamente, tomó unas tenazas y un plato para sacar el beicon de la parrilla—. Espero que te guste crujiente —añadió en tono de broma mientras entraba en la cocina.

Una sonora carcajada resonó desde dentro de ella. Galen se detuvo en seco para disfrutar de verla tan feliz. Sería capaz de quemar el beicon todos los días si eso significaba que podría escuchar a diario aquella sincera carcajada.

–Pues tienes suerte de que sí –dijo ella mientras le servía una generosa porción de huevos revueltos.

–Deja algo para ti.

–No, no te preocupes, que no me voy a quedar sin nada.

Galen miró el reloj. Tenían media hora para comer antes de ir a recoger a Ellie. Ojalá tuvieran más tiempo solos. No lamentaba tener a la pequeña en su vida, pero sospechaba que, a veces, la presencia de Ellie era como sal en la herida de Peyton. Algunas de las miradas que había lanzado a Ellie comenzaban por fin a tener sentido. Eran miradas de anhelo y arrepentimiento. Miradas que parecían expresar su temor a recibir el amor de la niña dado que ella tenía miedo de corresponderla. Galen tenía que romper aquellas barreras. De algún modo, Peyton, Ellie y él se convertirían en una familia de verdad.

Peyton estaba junto a Galen esperando la llegada del autobús. Él le había rodeado los hombros con un brazo y todo parecía tan normal y tan desconocido al mismo tiempo… Las cosas habían cambiado desde que estuvieron en aquel mismo lugar el día anterior. Hacía veinticuatro horas, había sentido nervios por Ellie, una emoción que se había transformado rápidamente en orgullo cuando vio que la pequeña afrontaba su ansiedad y subía al autobús.

¿No había hecho ella misma algo muy parecido la noche anterior? Se aferró a la cintura de Galen y absorbió la fuerza que le daba su cercanía y su sólida presencia. ¿Era eso lo que el matrimonio había sido para sus padres antes de que su madre enfermara, antes de que su padre cambiara? Lo más triste de todo era que ni siquiera se lo podía preguntar. La ira se había apoderado de él de tal manera que había destruido todos los álbumes de fotos que su madre había creado tan pacientemente y con tanto cariño para Peyton para que la pequeña pudiera recordarla cuando ella ya no estuviera.

Se preguntó dónde estarían los álbumes de fotos de los padres de Ellie. Decidió que se lo preguntaría a Galen cuando tuviera oportunidad.

De repente, sintió que el cuerpo de Galen se tensaba.

–Ahí está el autobús –dijo–. ¡Y ahí está Ellie!

Con la mano que le quedaba libre, comenzó a saludarla alocadamente. Peyton sintió que se le hacía un nudo en el pecho.

–¿Te lo has pasado bien? –le preguntó Galen mientras Ellie se ajustaba el cinturón de seguridad.

–¡Mejor que nunca!

–¿Te alegras de haber ido? –insistió Peyton.

–Sí, gracias por animarme a ir. ¡Ha estado genial!

Durante el trayecto a casa, la excitación de la niña era casi incontenible, tanto que se prolongó hasta por la tarde. Peyton le ayudó a deshacer la maleta y a poner todas sus cosas en la lavadora mientras le mostraba cómo se hacía.

–Mi mamá solía hacer esto, pero en el apartamento del hotel, Galen se limitaba a enviar nuestra ropa a la lavandería. ¿Tengo que hacer esto a partir de ahora? –le preguntó Ellie mientras encendían la lavadora.

–Si quieres. Está bien saber cómo cuidar de uno mismo.

–¿Y si no quiero hacerlo?

–Bueno, nos tienes a Maggie y a mí.

–¿Te enseñó a ti tu madre?

–No. Mi madre estaba enferma y no podía hacer muchas cosas.

–Lo siento…

–De eso hace ya mucho tiempo.

Ellie le dio un fuerte abrazo.

–Me alegro de que ahora estés con nosotros. Ya no tienes que volver a estar sola.

Las sencillas palabras de la niña le llegaron hasta lo más profundo de su ser. ¿Sola? Sentía que se había pasado sola toda su vida, desde el día del diagnóstico de su madre. Cuando por fin tenía algo, estaba preparándose para dejarlo todo de nuevo atrás. Devolvió el abrazo a la niña y se apartó.

–Vamos, ahora me puedes ayudar a preparar una ensalada para la cena. Galen está preparando unos filetes y patatas asadas en la parrilla.

–¡Qué ricos!

Las dos se dirigieron a la cocina. La velada pasó muy rápidamente y muy pronto Ellie estaba completamente agotada. Después de que Galen la llevara a la cama, Peyton fue a su despacho para trabajar en su artículo. Leyó los párrafos que había escrito, pero, en vez de experimentar una sensación de triunfo, terminó con un nudo en el estómago. Suspiró con frustración y se agarró la cabeza con las manos. ¿Por qué le estaba resultando tan difícil escribir aquel artículo? Llevaba años planeándolo, gozando con la oportunidad de hacer bajar a Alice Horvath del pedestal en el que todo el mundo la tenía. Aquel artículo debería ser el más sencillo que hubiera tenido que escribir nunca. No implicaba ni inestabilidad política, ni genocidios ni daños al medio ambiente, temas sobre los que había escrito en el pasado y que le habían reportado un gran reconocimiento. ¿Qué le pasaba? ¿Era que estaba demasiado implicada en el tema?

No, no se trataba de eso. Había encontrado otros, como su padre, a los que habían despedido sumarialmente de sus puestos de trabajo en diversas empresas de Horvath Corporation. Localizarlos había sido como encontrar agujas en un pajar. Además, algunos de ellos habían firmados cláusulas de confidencialidad después de sus despidos, por lo que se habían negado cortés pero firmemente a los repetidos intentos que Peyton había hecho por entrevistarlos. Sin embargo, los otros relataban la misma experiencia que había tenido su padre.

Peyton siempre se había enorgullecido de ser una periodista imparcial. Hasta aquel momento, tan solo había podido reunir datos de un lado de la historia. Ahí estaba su respuesta. Necesitaba ir a la fuente. Necesitaba entrevistar a Alice.

Un sonido a sus espaldas le hizo minimizar la pantalla. Giró la silla y miró hacia la puerta. Galen estaba allí, con un brazo apoyado en el umbral. Tenía un aspecto tan sexy… El cuerpo de Peyton se tensó al recordar. No podía dejar de pensar en todas las cosas que Galen y ella había hecho juntos la noche anterior.

—¿Va todo bien? —le preguntó él.

—Sí y no —admitió Peyton. Se preguntó cómo podía abordar el tema. ¿Debía preguntarle directamente si su abuela podría hablar con ella? Sin embargo, debía encontrar un motivo. Se le ocurrió una idea—. Una parte de mi artículo se centra en las mujeres al frente de los negocios. ¿Crees que Alice accedería a tener una entrevista conmigo?

Lo que le había dicho a Galen no era una mentira completa. Galen dio un paso al frente. Tenía el ceño ligeramente fruncido.

—A ella no le gustan las entrevistas. Eso probablemente ya lo sabes.

—Algo había oído, pero no perdemos nada por preguntárselo, ¿verdad? Si dice que no, es no —comentó mientras se encogía de hombros, como si no importara.

Galen se acarició la barbilla pensativo.

—Podría hablar con ella en tu nombre.

—No. Yo no te pediría que hicieras algo así. Utilizarte de correveidile sería una cobardía por mi parte.

—Probablemente tienes razón. De hecho, sé que tienes razón. Nagy probablemente lo consideraría una debilidad y rechazaría la idea de inmediato.

Peyton asintió.

—En ese caso, la llamaré mañana e iré directa al grano.

Galen se acercó a ella y le colocó las manos sobre los hombros. Comenzó a masajeárselos para aliviar la tensión que se le había acumulado mientras trabajaba.

—Buena idea. ¿Qué vas a hacer si te dice que no?

–Seguir con la siguiente persona de mi lista. La opinión de Alice no es vital para mi artículo, pero me gustaría escucharla.

–En ese caso, esperemos que esté de buen humor mañana. Dios, estás tan tensa… ¿Es eso lo que provoca trabajar tanto en tus artículos?

–A veces, en especial cuando las cosas no van tan bien como me gustaría, pero, ¿sabes una cosa? Sé de algo que es mano de santo para relajarme…

–¿Y qué podría ser? –preguntó él conteniendo el aliento.

–Bueno, creo que ya sabes a lo que me refiero –respondió ella mientras se ponía de pie–. ¿O acaso se te ha olvidado ya? Tal vez tenga que refrescarte la memoria.

Peyton le rodeó a Galen el cuello con los brazos y levantó el rostro al de él. Se apoderó de sus labios con un beso que sabía que le dejaría bien claro a qué se refería. Por suerte, Galen era un alumno aventajado. Ella sintió la inmediata respuesta de su cuerpo y, cuando Galen la levantó entre sus brazos y la llevó en dirección al dormitorio principal, se permitió gozar de anticipación al pensar en lo que sabía que le esperaba.

Capítulo Catorce

–Gracias por acceder a verme, señora Horvath.

Alice se obligó a sonreír.

–Te lo ruego, querida. Ya te he pedido que me llames Alice y Nagy. Si sigues refiriéndote a mí como señora Horvath, voy a creer que, en realidad, no eres parte de la familia.

Había evitado la censura en su voz, pero no se le pasó por alto la expresión velada que se reflejó en el rostro de Peyton. ¿Era irritación o tal vez vergüenza? ¿Tal vez otra cosa diferente? Desde su operación, no se sentía tan perspicaz como antes, y eso le molestaba profundamente.

–Lo siento, Alice –se disculpó Peyton.

–Eso está mejor, querida –comentó con una sonrisa–. Espero que hayas disfrutado de tu vuelo.

–Tener a mi disposición un avión privado no es algo a lo que pueda llegar a acostumbrarme nunca, pero sí, he tenido un vuelo sin incidencias.

–Bien. Ahora, te ruego que te sientes y me digas sobre qué es este artículo. Debe de ser importante para hacerte venir hasta California. Y ya sabes que no suelo conceder entrevistas.

–Lo sé, por eso te agradezco mucho que me dediques este tiempo.

–El tiempo es algo de lo que dispongo más de lo que desearía hoy en día.

–¿Acaso no te tiene Matrimonios a Medida lo suficientemente ocupada?

–Sí, es divertido, pero no tiene nada que ver con el mundo corporativo. Tengo que decir que, desde la operación de corazón a la que tuve que someterme a principios de año, me he visto obligada a aminorar un poco la marcha. Me han asegurado que es algo temporal.

Apretó los labios antes de seguir. No le gustaba hablar de sus problemas de salud con nadie, y mucho menos con el miembro más nuevo de la familia.

–Dime, ¿qué tal está Ellie ahora que estáis ya en la nueva casa? Debe de haber sido un cambio muy grande para todos. Casarse y vivir juntos. Sin embargo, confío en que todo vaya bien.

Alice escuchó cómo Peyton le hablaba sobre la niña, asintiendo y sonriendo donde era necesario. Se preguntó si Peyton sabía cómo le cambiaba la expresión del rostro cuando hablaba de Ellie. El orgullo que había mostrado al explicarle lo valiente que había sido la niña en la excursión al museo y al hablarle de las notas que había sacado. Y después, cómo se suavizaba su rostro cuando le hablaba de Galen. Sí. La elección de Alice había sido la correcta. Había corrido un gran riesgo al confiar a su nieto y a una niña pequeña a una mujer para quien su carrera parecía ser lo más importante. Había dado un salto de fe.

La tensión que había resultado visible en el rostro de Peyton después de regresar de la luna de miel había desaparecido, pero, evidentemente, era una mujer muy ambiciosa. Aquel era un rasgo con el que Alice se identificaba y que admiraba, pero sabía muy bien que la ambición tenía que aplacarse para que no arrebatara por completo toda oportunidad de felicidad.

Peyton devolvió la conversación a la razón que la había llevado hasta allí.

—Como puedes ver, nuestras vidas tienen mucho ajetreo, pero no más de lo que debió de ser la tuya con una familia mucho más grande y las exigencias de Horvath Corporation después de que tu esposo falleciera.

—Las mujeres hacemos lo que haga falta.

—Es cierto, Alice, y sobre eso quería hablarte. Quiero preguntarte sobre las mujeres en el mundo de los negocios, sobre el equilibrio de la vida personal y el trabajo y cómo pudo afectar eso a la toma de decisiones.

—¿Afectar a la toma de decisiones? ¿Te refieres a las emocionales contra las racionales? ¿A ese tipo de cosas?

Peyton parecía estar muy incómoda.

—Supongo que sí. Nosotros somos criaturas emocionales, ¿no es así?

—Me estás poniendo a prueba, ¿verdad? —comentó Alice con una risita—. Está bien. Te daré tu entrevista, Peyton. Te mereces mi respeto por preguntármelo a mí directamente y por haber venido aquí, cara a cara a hacerla. No habría esperado menos de ti.

—¿Qué quieres decir?

—Bueno, sé muy bien los éxitos que has tenido en tu campo, jovencita. Debería sentirme halagada de que quieras entrevistarme, que hayas pensado que mi vida es merecedora de inclusión en uno de tus artículos. Sin embargo, tengo que decir que esto es un cambio para ti, ¿verdad? Las mujeres en los negocios en vez de tu habitual lucha de David contra Goliat.

Peyton se rebulló en su butaca.

—Así es, pero tienes que admitir que es un tema que puede resultar de mucho interés para una gran cantidad de mujeres.

Alice sonrió. Resultaba evidente que Peyton tan solo estaba revelándole la mitad de sus intenciones. Tal vez si le ofrecía su confianza, la convencería de que era verdaderamente parte de la familia. ¿Y si no era así? Alice se frotó el pecho con gesto ausente, una costumbre que aún tenía, a pesar de que su corazón ya estaba mucho mejor.

Si Alice había calculado mal, ello podría significar que había cometido el primer error grave de toda su vida y que habría puesto en peligro la felicidad de su adorado nieto y la niña que estaba bajo su tutela. Sin embargo, Alice Horvath no cometía errores. Relajó sus rasgos y sonrió.

—Pregúntame lo que quieras, querida. Luego podremos almorzar juntas para poder conocernos un poquito mejor.

Peyton se preguntó si una mariposa a la que hubieran atrapado en una red se sentiría igual que ella en aquellos momentos. Aquella entrevista no se diferenciaba en nada de cualquier otra que hubiera hecho antes. Entonces, ¿por qué se sentía como si fuera una novata? Era ridículo. Le devolvió la sonrisa a Alice y sacó su bloc de notas y un bolígrafo del bolso.

–¿No utilizas grabadora? –le preguntó Alice.

–Prefiero tomar notas, pero si prefieres que grabe, puedo hacerlo con mi teléfono.

–Una de las razones por las que no suelo conceder entrevistas es porque no me gusta nada que se me cite mal. Al menos si tienes una grabadora, no puede haber errores, ¿verdad?

Peyton desvió la mirada. Había algo en el tono de voz de Alice que la incomodaba. Era como si la estuviera desafiando. Tal vez era tan solo su propio sentimiento de culpabilidad lo que hacía que se lo pareciera. Se sacó el teléfono del bolso, lo puso sobre la mesita de café y conectó la grabadora.

–Ya está –dijo tan alegremente como pudo–. Sin errores.

–Gracias, querida. Es un detalle por tu parte que le concedas a una anciana sus caprichos.

Peyton soltó una carcajada.

–Tal vez seas mayor que yo, Alice, pero estoy segura de que eres tan perspicaz como antes.

Miró a Alice a los ojos y vio que se reflejaba un cierto humor en ellos. Alice asintió.

–La mayoría de la gente haría bien en recordarlo. Ahora, hazme tus preguntas.

Peyton empezó con lo que ella llamaba preguntas generales. Todas parecieron aburrir a Alice, a juzgar por las respuestas tan poco interesantes que le daba.

–¿No tienes preguntas con más chicha? Pensaba que querías que este artículo fuera tan incisivo como suelen ser los tuyos. ¿Acaso quieres llegar a un público nuevo? –le preguntó Alice con una cierta mordacidad en el tono de voz.

Peyton se quedó algo sorprendida. Aquel era su estilo. Preguntas generales para suavizar la situación antes de abordar las preguntas que realmente le interesaban. La técnica le había ido bien en el pasado, dado que había conseguido que todos sus entrevistados tuvieran una sensación de seguridad antes de que ella se lanzara a preguntar lo que realmente quería saber. Parecía que Alice no era una de esas personas.

—No, no busco un público nuevo. Esta entrevista será tan seria como las que he hecho antes. Tal vez más —replicó a la defensiva.

—En ese caso, te ruego que vayas al grano.

Alice pronunció aquellas palabras con una sonrisa, pero a Peyton no le quedó ninguna duda de que debía ir con cuidado.

—Matrimonios a Medida. ¿Qué le empujó a crear esa empresa y cuál es en realidad su éxito?

—Creo que ya te lo he dicho en alguna ocasión. Se me da bien emparejar a la gente. Tenía sentido formalizar esa habilidad en una empresa que se especializa en crear parejas.

—Sin embargo, no son simples emparejamientos, ¿verdad? Las parejas se ven por primera vez en el altar.

—Tú solicitaste nuestros servicios. Ya conoces el formato.

¿Había un cierto tono de censura o de advertencia en la voz de Alice? Peyton sintió una ligera excitación. ¿Estaba por fin llegando a ella? ¿Estaba consiguiendo turbar a la serena y adorada Nagy, que parecía incapaz de hacer nada malo ante los ojos de adorada familia?

—Es verdad. Así es. Y se me entregó exactamente lo que había pedido en mi cuestionario. Sin embargo, ¿cómo puedes estar tan segura de que cada emparejamiento va a ser un éxito?

Alice entornó los ojos un instante.

—¿En este momento hablas como periodista o por miedo sobre tu propia relación con mi nieto? Cuando regresasteis de la luna de miel, veníais distantes. ¿Acaso no ha mejorado la situación?

Peyton sacudió la cabeza. La anciana era muy astuta. Había conseguido dar la vuelta a la entrevista sin esfuerzo alguno. Se dispuso a recuperar el control de la entrevista.

—No estamos hablando sobre mí ni sobre mi situación. Siento curiosidad por la ciencia que hay detrás de los emparejamientos que haces.

—No es todo ciencia, aunque, desde que creé la empresa, cuento con la ayuda de psicólogos y expertos en relaciones para asegurarnos de que vamos por el buen camino. Hasta ahora no hemos tenido fracasos, lo que es más de lo que se puede decir sobre el resto de las opciones disponibles en este terreno. Nos enorgullecemos mucho de nuestros emparejamientos. Hay mucho en juego.

—Eso es cierto. Hay mucho en juego en varios niveles, entre los que se incluyen los temas legales de los contratos que firman tus clientes. Sin embargo, es cierto que, dejando a un lado ciencia y probabilidades, tú siempre tienes la última palabra en el emparejamiento o no de dos clientes.

La voz de Alice había perdido toda la calidez de antes cuando respondió.

—Como te he dicho antes, tengo facilidad para

emparejar a las personas. La ciencia simplemente apoya esta habilidad. Nuestro registro de emparejamientos habla por sí solo.

—Seamos sinceras. Básicamente, los emparejamientos los haces tú. Tú eres la que manipula las vidas de la gente y su potencial felicidad con tus emparejamientos. A pesar de tu «facilidad», tal y como tú la llamas, de joven no andabas tan entonada, ¿verdad? Después de todo, tuviste pendientes de ti a dos hombres antes de que eligieras casarte con Eduard Horvath.

Peyton sabía que estaba corriendo un gran riesgo sacando aquel tema a colación, pero no estaba allí para andarse por las ramas.

Alice suspiró y se estiró la falda.

—No me pediste esta entrevista para hablar de Matrimonios a Medida o de mi pasado, ¿verdad?

—El tema del emparejamiento es una parte de quién eres como mujer de negocios, pero si te sientes incómoda hablando de tu empresa podemos pasar a otro tema. Está bien. Por lo que yo sé, Horvath Corporation tiene por costumbre tratar de retener a sus empleados y su tasa en este sentido en una de las más altas. Sin embargo, ningún lugar de trabajo es perfecto. Háblame de las personas que has despedido. ¿Quiénes eran y por qué las despediste?

—Decirte quiénes eran sería una violación de la confidencialidad de mi empresa —replicó Alice muy tranquila. Sin embargo, Peyton se percató de que se había tensado ligeramente.

—En ese caso, sin entrar en detalles. ¿Qué sería lo que te llevaría a despedir a un empleado?

–Robo o deslealtad son generalmente las únicas razones por las que me he despedido a alguien. Nunca dejaba de sorprenderme que, a pesar de todos los beneficios que ofrecíamos, aparte de sueldos muy competitivos, siempre había alguien que pensaba que podía meter la mano en el cazo, si me permites la expresión.

–¿Y cómo reaccionabas en estos casos?

–¿Cómo reacciona alguien ante un robo? Las consecuencias se detallan claramente en los estatutos de los trabajadores. Con el despido.

–¿Y qué proceso de investigación sigues? Supongo que les considerará inocentes hasta que se demuestre lo contrario.

Peyton contuvo el aliento. Recordaba aún claramente el día en el que su padre regresó del trabajo furioso porque le habían despedido sin darle oportunidad de defenderse.

–Ese empleado causa baja con sueldo hasta que una investigación independiente se lleve a término. Dependiendo del resultado de esa investigación, o regresan a su puesto de trabajo o van a buscarlo a otro sitio.

–¿Y qué me puedes decir sobre los rumores que me has contado de que has interferido en la posibilidad de encontrar trabajo de otros trabajadores a los que has despedido?

–Yo no contesto a los rumores –repuso Alice muy seria.

–Está bien. Déjame que te haga la pregunta de otro modo. ¿Has interferido alguna vez para que un antiguo empleado tuyo encuentre trabajo en su campo?

—Creo que esta entrevista se ha terminado —dijo Alice poniéndose de pie—. Estoy deseando ver publicado tu artículo. ¿Serás tan amable de enviarme una copia antes de que esté en los quioscos?

¿Y darle a Alice la posibilidad de presentar una demanda para impedir su publicación? Peyton sonrió y negó con la cabeza.

—No lo hago nunca y no puedo hacer una excepción contigo. Estoy segura de que lo comprenderás.

—Claro que lo comprendo, Peyton. Ten cuidado por donde pisas.

—¿Cómo has dicho?

—Te he dicho que tengas cuidado por donde pisas. Nunca se sabe dónde se puede uno meter. Ahora, vayamos al comedor. Creo que el almuerzo ya está preparado.

Peyton observó cómo la anciana caminaba lentamente hacia la puerta. La entrevista le había dejado un amargo sabor de boca. Se le habían quedado muchas preguntas en el tintero. Al menos, Alice no la había echado a patadas de allí, pero le daba la sensación de que había estado muy cerca. Era mejor no volver a tentar a la suerte.

Sin embargo, una cosa había quedado tan clara como el agua. Tenía que terminar su artículo y escapar de aquel matrimonio y de aquella familia tan rápido como le fuera posible.

Capítulo Quince

Galen observaba cómo Peyton se preparaba para meterse en la cama. Había algo en su rutina antes de acostarse que le resultaba increíblemente sexy. Se levantó de la cama y se acercó a ella. Peyton estaba sentada frente al tocador, con el cepillo en la mano. Galen solo llevaba puestos los pantalones del pijama.

—Deja que lo haga yo.

Ella no protestó. Le dio el cepillo y le permitió que se lo deslizara por el cabello.

—¿Cómo te ha ido la entrevista con Nagy?

—Es la reina de las evasivas.

—Vaya, entonces no te ha ido bien —comentó él sin dejar de cepillarle el cabello.

—No. Al menos, no para mí. Tengo algunas citas que puedo utilizar, pero ni siquiera me he acercado a lo que realmente quería.

—¿Quieres que lo intente yo a ver? Tal vez se muestre más colaboradora si yo…

—¡No! —exclamó Peyton—. Lo siento, pero no. Trabajaré con lo que tengo.

Galen miró a Peyton a través del espejo. Vio que ella parecía tensa y que tenía ojeras en el rostro. Dejó el cepillo y le colocó las manos en los hombros.

—Solo quería ayudarte, Peyton. Facilitarte la vida en lo que yo pueda.

–Lo sé, pero tienes que entender que estoy acostumbrada a apañármelas sola. De ese modo, solo es culpa mía si algo va mal.

–¿Y por qué iba a ir nada mal?

–No tienes ni idea, ¿verdad?

Las palabras de Peyton le escocieron. ¿Acaso pensaba que él no había conocido nunca las dificultades o las penurias? Como si, de repente, ella se hubiera dado cuenta de lo que había dicho, negó con la cabeza.

–Mira, lo siento. Por supuesto que lo sabes.

–Todo el mundo tiene batallas a las que enfrentarse, pero ya no tienes que enfrentarte a nada sola, Peyton –dijo mientras se inclinaba hacia ella y colocaba el rostro a la misma altura que el de su esposa–. Yo estoy contigo. Lo único que tienes que hacer es relajarte y confiar en que te puedo ayudar.

Peyton levantó una mano para agarrar la de él. Entrelazó los dedos con los suyos y apretó.

–Gracias. Tengo que aprender a apoyarme en otra persona y creo que no se me da muy bien.

–Todo se aprende con la práctica…

Galen le dio un beso en el hombro y luego le apartó el cabello para dejar al descubierto la nuca. Le dio un beso ahí también. Un temblor le recorrió a Peyton el cuerpo y ella dejó caer la cabeza hacia delante.

–Me vuelve loca cuando haces eso…

–¿Quieres que te distraiga un poco más?

–Por favor.

Aquella súplica le hizo querer detenerse y preguntarle qué era lo que había ocurrido entre su abuela y ella aquella mañana. Resultaba evidente que no había ido bien porque Peyton tenía reflejada la tensión en el rostro y el modo en el que había llegado a casa hacía poco más de quince minutos. Sin embargo, no era el momento de hablar, sino el de ayudarla a relajarse y revitalizar su cuerpo hasta el punto de que se olvidara lo que le preocupaba. Ella le había dicho que no quería su ayuda, pero había aceptado el contacto físico, así que sería eso lo que le daría.

Le bajó los tirantes del camisón por los brazos. La sedosa tela se le deslizó por encima de los pechos, dejándolos al descubierto muy lentamente. Galen inclinó la cabeza y le besó los hombros mientras, con la mano, terminaba de bajarle el camisón. Los pezones se habían erguido desafiantes y la cremosa piel de los pechos ansiaba sus caricias. Galen comenzó a acariciárselos, masajeándoselos suavemente mientras no dejaba de mirar lo que hacía en el espejo. Resultaba increíblemente erótico ver el reflejo de ambos mientras que la tocaba y sentía el peso de los senos y podía aspirar el aroma de su fragante piel y sentir el calor que emanaba de su cuerpo.

–¿Esta noche vas a ser un *voyeur*?

La voz de Peyton estaba enronquecida por el deseo. Cuando cruzó su mirada con la de él a través del espejo, los ojos brillaban de excitación.

–¿Te gusta? –le preguntó él.

–Solo si yo también puedo mirar…

El deseo se apoderó de Galen. Los dedos le temblaban mientras la acariciaba. La mente se le había nublado hasta el punto de que apenas podía pensar. Peyton le agarró las manos y le obligó a apretar las suyas contra la maleable y suave carne, indicándole que le apretara los pezones muy suavemente. Ella echó la cabeza hacia atrás. Los ojos le brillaban mientras observaba a través del espejo cómo las manos del ambos la acariciaban. Un ligero rubor le cubría el torso y las mejillas. Guio una de las manos de Galen sobre el vientre, hacia la entrepierna. Él sintió que ella temblaba como respuesta al ligero roce de la yema de un dedo sobre el clítoris.

–Otra vez –le pidió ella.

Como era un caballero, Galen hizo todo lo que pudo para concederle su deseo. Peyton le soltó la mano y le enredó los dedos en el cabello. Le arañaba la piel con las uñas mientras él rodeaba, tocando de vez en cuando, la parte más sensible de su feminidad. Lo hizo muy ligeramente antes de bajar la mano un poco más y acariciarla plenamente. Ella estaba tan húmeda y él la igualaba en la firmeza de su erección.

–Ponte de pie –le indicó. Galen la ayudó a levantarse y retiró el taburete–. Bien. Ahora apoya las manos sobre la cómoda.

–Eres muy mandón… –bromeó ella.

Galen le deslizó la mano por la espalda hasta llegar al trasero. Entonces, le dio un pequeño azote. Ella vio el deseo reflejado en su mirada a través del espejo y se mordió los labios.

–Y tú eres muy descarada –le dijo con una sonrisa mientras se desataba el cordón del pijama y dejaba que este le cayera al suelo.

Galen se acarició a sí mismo, permitiendo que ella lo viera a través del espejo.

–Oh, no… Espero que no sea eso lo que piensas hacer –le dijo con una sonrisa mientras contoneaba provocadoramente las caderas–. Hay disponibles opciones mucho mejores.

–Me gusta tener opciones… ¿Qué me sugieres?

–Eres un tipo listo. Creo que sabes a lo que me refiero, ¿no?

Galen le acarició de nuevo la espalda hasta llegar a la separación de las nalgas. Peyton sintió que el cuerpo se le tensaba. Galen le acarició el trasero y fue bajando poco a poco, hasta llegar al calor y a la humedad que anunciaban que ella esperaba que la poseyera.

–¿Te referías a esto?

Le deslizó un dedo dentro y comenzó a acariciarla profundamente. Sintió que el cuerpo de Peyton se tensaba. Cuando ella por fin consiguió hablar, la voz le temblaba.

–Algo así, sí… Pero creo que lo puedes mejorar.

–¿Mejorar dices? –murmuró–. Pues tus deseos son órdenes para mí.

Se colocó detrás de ella y guio la henchida cabeza de su miembro hacia ella, apretando suavemente hasta que la penetró solamente con la punta. Se contuvo. Las manos descansaban sobre las caderas de Peyton. Sintió que los músculos internos de ella se tensaban alrededor de su pene y le provocaron un gemido de placer que partía desde la punta de su erección y se extendía por el cuerpo entero.

–Galen, por favor… no me tortures. Te quiero dentro de mí… muy profundamente. Lo necesito.

Fueron aquellas dos últimas palabras las que lo desataron. Se deshizo de la contención y permitió que su cuerpo se uniera al de ella. Las manos de Peyton se convirtieron en puños sobre la cómoda mientras él se hundía en su cuerpo. Un gemido de placer se escapó de sus labios. Se apretó contra él y la sensación que le produjo a Galen al hacerle sentir el trasero contra su cuerpo le hizo moverse una y otra vez, hasta que en lo único en lo que podía pensar era en el placer que llenaba su cuerpo y el de ella también. Cuando estaba a punto de llegar al orgasmo, se detuvo y comenzó a acariciar el clítoris de Peyton. Necesitó tan solo la más ligera de las caricias para hacer que ella alcanzara el gozo más absoluto. Sintió los temblores que atenazaban su cuerpo y se entregó por fin a su propio clímax.

Los dos estaban temblando cuando él por fin se retiró de ella instantes después. Peyton se dio la vuelta para mirarlo y le rodeó la cintura con los brazos. El contacto de piel con piel, los acelerados corazones de ambos y el sudor que les cubría el cuerpo y que relucía bajo la luz del dormitorio indicaba lo perfecto que había sido aquel acto.

—Vamos a la cama —le susurró él en voz baja.

Poco después, los dos estaban acurrucados juntos. Peyton tenía la cabeza apoyada sobre el brazo de Galen, que le rodeaba también el cuerpo. Él había apagado la luz y estaba empezando a quedarse dormido cuando ella habló.

—Galen…

—¿Mmm?

—Creo que deberías cepillarme el cabello con más frecuencia.

Galen sonrió y la estrechó un poco más aún contra su cuerpo. Sintió que el corazón se le llenaba de repente con unas palabras que deseó poder pronunciar. La amaba. Acababa de comprenderlo de repente. La amaba. ¿Significaría eso algo si Peyton no le correspondía?

No se podía concentrar porque su traicionera mente no hacía más que pensar en el modo en el que Galen le había hecho el amor la noche anterior. Efectivamente, habían hecho el amor, no había sido solo sexo. Había habido algo diferente en el modo en el que la tocaba, en cómo le había dedicado toda su atención. Había sido mucho más de lo que habían hecho juntos antes. Aquel pensamiento la excitaba y la aterrorizaba a la vez. Casi no se había atrevido a considerar nunca que permitiría que nadie se le volviera a acercar tanto en toda su vida. Sentía que deseaba facilitarle el acceso a todas las partes de su ser, no solo su cuerpo sino también su pensamiento, para que pudieran ser uno solo. Sin embargo, no podía permitirlo. No era su cometido y, hacía mucho tiempo, había aprendido que la desviación del camino elegido solo producía sufrimiento y desilusión.

Guardó su documento y miró la pantalla del ordenador. Aquel artículo no era menos agresivo que otros que hubiera escrito anteriormente. No era tan tópico como otros en los que había abordado temas como el medio ambiente o las guerras en países lejanos. Sin embargo, aquel artículo sí que iba a reflejar el campo de batalla de su infancia y la mujer que, en solitario, se había asegurado de que la vida de Peyton no volviera a ser la misma desde el momento en el que despidió a su padre.

Durante un instante, pensó en el hombre amargado que su progenitor seguía siendo. En la culpabilidad y la ira que se habían convertido en sus compañeras y que, a su vez, lo habían alejado de todos los que habían intentado amarle o cuidar de él, incluso Peyton. Su vida habría sido completamente diferente si Alice Horvath no hubiera destruido su familia.

Peyton suspiró y apoyó las manos sobre el teclado. De algún modo, debía apartar sus emociones personales de aquel artículo sobre la matriarca de los Horvath. Dejar que los hechos hablaran por sí mismos.

Imprimió el documento y se levantó de la silla. Paseaba de un lado a otro del despacho mientras los papeles impresos empezaban a acumularse en la bandeja de la impresora. Cuando el artículo estuvo ya impreso, tomó un rotulador rojo para editarlo y se bajó al patio.

No llevaba mucho tiempo trabajando cuando sintió que el teléfono móvil comenzaba a vibrarle en el bolsillo. Al mirar la pantalla, vio que la llamada provenía del colegio de Ellie. Respondió inmediatamente.

—Señorita Earnshaw, siento molestarla. He tratado de ponerme en contacto con el señor Horvath, pero, aparentemente, él está en una reunión.

—No pasa nada. ¿Le ocurre algo a Ellie?

—Parece que tiene dolor de estómago. Creemos que es mejor que se vaya a casa.

—De acuerdo. Voy enseguida a por ella.

Peyton cortó la llamada, se metió el rotulador en el bolsillo y empezó a recoger los papeles que tenía sobre la mesa. Justo en aquel momento, una fuerte ráfaga de viento hizo volar los que aún no había recogido y los extendió por todo el porche. Peyton los recogió todos frenéticamente y empezó a contarlos para asegurarse de que no le faltaba ninguno. Todos. Entró en la casa y cerró la puerta. Entonces, fue rápidamente a recoger su bolso y las llaves del coche, que estaban en la cocina. Metió los papeles en el bolso y se dirigió hacia el garaje. Sacó su coche y se dirigió al colegio.

Ellie estaba bastante mal cuando llegó a buscarla. Estaba muy pálida y llorosa. Peyton se alegró de llevar siempre en el coche un par de toallas.

–Vamos, cielo. Nos vamos a casa para que te puedas meter un rato en la cama.

Ellie se quedó dormida en el coche, señal de que no estaba bien, dado que normalmente estaba llena de energía y no paraba de hablar. Peyton sintió pena por la pequeña.

Cuando entró en el acceso a su casa, vio que el coche de Galen estaba aparcado. No había esperado que él regresara a casa tan temprano, pero dio las gracias al cielo de que no hubiera dejado el artículo sin corregir en cualquier parte.

Aparcó y, tras recoger su bolso, fue a sacar a Ellie. La pequeña seguía profundamente dormida, pero Peyton no quiso despertarla. Le desabrochó el cinturón de seguridad y tomó a la niña en brazos. Pesaba más de lo que parecía. Para su alivio, la puerta de la casa se abrió en cuanto ella se acercó.

–Recibí una llamada del colegio –explicó Galen–. Me dijeron que tú acababas de marcharte con ella, por lo que me vine aquí a esperaros. ¿Está bien?

—Probablemente sea un virus intestinal —dijo Peyton—. No parece que tenga fiebre.

—¿Quieres que la lleve yo?

—Creo que me las puedo arreglar, pero tal vez podrías llevarme el bolso antes de que se me caiga.

En el momento en el que pronunció las palabras, se arrepintió de haberlas dicho. No había cerrado la cremallera del bolso y el artículo estaba metido dentro de mala manera, a la vista.

—Déjalo en el vestíbulo —dijo. Hubiera sido sospechoso que cambiara de opinión—. Ya lo recogeré más tarde.

Justo en ese momento, Ellie se despertó.

—¡Voy a vomitar!

Peyton echó a correr hacia el cuarto de baño. Galen dejó el bolso en el suelo y echó a correr tras ellas.

«Esto es ser padres», pensó Peyton unos minutos más tarde, mientras acariciaba la frente de la agotada niña después de que le hubieran puesto su pijama y la hubieran acomodado en su cama.

—¿Te vas a quedar conmigo? —le preguntó Ellie débilmente.

—Claro.

Galen estaba de pie junto a la cama, observando a la pequeña con una expresión de preocupación en el rostro.

—¿Quieres que me quede yo también?

—Quiero a Peyton —susurró la pequeña.

—Estoy aquí —dijo Peyton—. Me sentaré contigo hasta que te quedes dormida, ¿de acuerdo?

Ellie asintió y Galen se apartó de la cama.

—Parece que no se me necesita.

146

—Por el momento.

—¿Estáis bien?

Peyton miró a Ellie, cuyos ojos ya estaban prácticamente cerrados.

—Sí, estamos bien. Solo me voy a quedar con ella hasta que esté profundamente dormida.

Galen le puso la mano en el hombro y ella sintió inmediatamente la calidez de sus dedos a través de la delgada camisa.

—Te portas muy bien con ella…

—Gracias —consiguió decir a pesar del nudo que se le había hecho en la garganta.

Cuando Galen se marchó de la habitación, ella centró la mirada en la pequeña. Parecía tan indefensa… Peyton sintió una profunda emoción. ¿Era eso lo que sentía al ser madre? ¿El miedo constante a que pudiera ocurrir algo que se llevara a su preciosa hija, combinado con un amor que no paraba nunca de crecer? Ella había renunciado a su oportunidad de experimentar todo aquello.

Extendió la mano para acariciarle suavemente el rostro a Ellie. Se aseguró que era tan solo para comprobar si tenía fiebre. No quería amar a aquella niña y, sin embargo, la idea de que pronto tendría que marcharse había empezado a llenarla de miedo.

Ya no había vuelta atrás. Se había marcado su camino. Las palabras que Alice le había dicho el otro día volvieron a resonar en su pensamiento. Ten cuidado por donde pisas. Un escalofrío le recorrió la espalda.

Capítulo Dieciséis

Galen se quitó el traje, se dio una ducha rápida y se puso unos vaqueros y una camiseta. Entonces, volvió a bajar. Estaba en conflicto. Durante meses, había estado a solas con Ellie y le había gustado. Se recordó que se había casado por elección para que Ellie siempre tuviera a alguien a quien recurrir en los momentos en los que él no pudiera estar presente. Como había ocurrido precisamente aquel día.

Cuando llegó al vestíbulo, vio el bolso de Peyton donde lo había dejado. La primera vez que vio el tamaño de bolso que ella llevaba, había bromeado diciendo que se parecía a Mary Poppins. Sonrió al recordar aquella conversación y fue a recogerlo del suelo. Al hacerlo, un montón de papeles cayeron al suelo. Él los recogió y estaba a punto de volver a meterlos en el bolso cuando un nombre le llamó la atención: Alice Horvath.

¿Era aquel el artículo en el que ella había estado tan ocupada últimamente? Peyton se había negado a hablar de él y Galen sabía que, por respeto, debería volver a meterlo en el bolso y olvidarse de él. Sin embargo, el nombre de su abuela había despertado su interés.

Se dirigió al salón y se sentó en el sofá. Se aseguró que tan solo iba a mirarlo por encima, pero el contenido del artículo se lo impidió. A medida que se fue dando cuenta de que el artículo era exclusivamente sobre su abuela, su enojo fue en aumento. Lo que allí había escrito no era muy halagador.

Volvió a meter los papeles en el bolso y se contuvo para no subir de nuevo las escaleras e ir a buscarla para exigir una explicación.

Qué era lo que había empujado a Peyton a escribir algo así. Suponía que su abuela había tenido que hacer enemigos a lo largo de su vida, dado que una persona no conseguía lo que ella tenía sin hacer al menos unos cuántos, pero aquel artículo mostraba una faceta muy oscura sobre las prácticas empresariales de Nagy e incluso cuestionaba sus métodos para emparejar a sus clientes de Matrimonios a Medida.

La sensación de traición que sintió fue acrecentándose al pensar cómo toda la familia Horvath la había recibido con los brazos abiertos. Esa sensación se empeoró aún más dado que por fin sabía que se había enamorado de ella. Tenía que haber una motivación muy específica para justificar los actos de Peyton y tenía que averiguar de qué se trataba y evitar que ella publicara aquel artículo. Dada la edad de su abuela y sus problemas de corazón, estaba dispuesto a hacer lo que fuera para proteger a la anciana.

Si pudiera conseguir que Peyton viera la Nagy que él, su familia y la mayoría de sus empleados amaban incondicionalmente, evitaría que se produjeran daños, pero en primer lugar tendría que comprender por qué había escrito ella algo así.

Fue a su despacho, encendió el ordenador y realizó una búsqueda sencilla sobre Peyton. Consiguió encontrar muy pocos datos sobre ella, aparte de sus artículos. Le resultó sospechoso que no hubiera mención alguna sobre ella antes de su carrera como periodista. Probablemente eso significaba que, en algún momento de su vida, se había cambiado legalmente de nombre.

Solo había una persona que pudiera tener la información que buscaba, precisamente la persona que estaba tratando de proteger. Alice. ¿Cómo podía preguntárselo? Ella guardaba la información sobre sus clientes con mucho celo y seguiría haciéndolo, aunque supiera que la estaban atacando. Sacudió la cabeza. De algún modo, tenía que encontrar lo que buscaba sin implicar a su abuela.

El investigador privado tardó varios días en ponerse en contacto con él. El informe que le mandó le resultó turbador. Parecía que, tras graduarse en la universidad, Peyton había adoptado el apellido de soltera de su madre. Entendía por qué. Por lo que el detective había descubierto, la vida familiar de Peyton, si se podía llamar así, había sido muy poco funcional. Comprendía que cualquier persona quisiera darle la espalda a algo así. Además de cambiarse el apellido, parecía tener un contacto nulo o escaso con su padre, pero seguía manteniéndolo económicamente. Como si estuviera tratando de compensarle por algo. En opinión de Galen, ella no tenía que compensarlo por nada. De hecho, más bien había sido la víctima.

No era de extrañar que tuviera tanta empatía por Ellie. Tenía una edad similar a la de la niña cuando a su madre le diagnosticaron esclerosis múltiple. La decadencia de la salud de su madre había sido inesperadamente rápida, exacerbada sin duda por el hecho de que no disponían de seguro médico dado que el padre de Peyton había sido despedido de Horvath Corporation. Ese retazo de información le sorprendió profundamente.

Se enteró de que el padre de Peyton había sido director financiero en Horvath, pero había sido despedido ante la sospecha de malversación. Ese hecho le dejó atónito. Las pruebas en su contra eran abrumadoras. De hecho, Alice habría tenido todo el derecho del mundo a presentar denuncia en su contra, pero debido a la situación familiar en la que se encontraba, Galen no tenía ninguna duda de que su abuela había preferido despedirlo a Magnus Maitland sin más.

El detective había investigado también a Maitland y había descubierto que, después de que fue despedido, había tenido una serie de breves trabajos y que ninguno de ellos había tenido un sueldo similar al que había ganado en Horvath. Eso debió de resultar muy frustrante para un hombre con su preparación y, por supuesto, muy preocupante económicamente. Parecía que la enfermedad de su esposa se había comido los ahorros que tenían, pero parecía también que, mientras que él trabajaba en Horvath, habían vivido por encima de sus posibilidades. Este hecho había empeorado su situación cuando fue despedido.

Galen sacudió la cabeza. Pobre Peyton. Había tenido una infancia difícil con el despido de su padre, la enfermedad de su madre, el hecho de verse apartada de la casa en la que se había criado e incluso haber tenido que irse a vivir a otro estado. Para colmo, había tenido una breve, pero intensa relación con un joven militar, del que se quedó embarazada y luego sola cuando él murió. ¿Cómo podía extrañarle a nadie que hubiera desarrollado tanta desconfianza y recelo hacia el mundo?

Sin embargo, el artículo que había escrito… Parecía indicar que había estado años preparando su venganza y eso, en cierto modo, manipulaba su emparejamiento. La idea era descabellada y, a pesar de todo, tenía sentido. ¿Era posible que alguien que tenía acceso a la base de datos de Matrimonios a Medida hubiera podido engañar a su abuela?

¿Qué ocurriría cuando el artículo se publicara? ¿Pensaba abandonarlos a Ellie y a él sin más? ¿Acaso no sentía nada por ninguno de los dos?

Solo podía hacer algo al respecto. Enfrentarse a ella.

Peyton había notado que Galen llevaba unos días muy distante y no podía evitar sentir que, en cierto modo, ella sería la responsable. Incluso aquella noche estaba encerrado en su despacho y así había seguido cuando Ellie fue a decirle que la cena estaba lista. Le había pedido a la niña que le dijera a Peyton que dejara su plato en la cocina para que él pudiera tomarlo más tarde. Peyton solo se atrevió a llamar a la puerta cuando Ellie se hubo ido a la cama.

–¿Qué quieres? –le espetó él levantando la cabeza.

Se había estado mesando el cabello y, por ello, lo tenía completamente revuelto por todas partes. Aquella imagen contrastaba profundamente con el elegante ejecutivo que se había marchado de la casa aquella mañana.

—¿Va todo bien?

—No, no va todo bien. Siéntate. Tenemos que hablar.

Peyton sintió que se le hacía un nudo en el estómago. Galen nunca se había mostrado tan serio.

—Me gustaría que me hablaras de tu artículo.

—Ya te había dicho que es sobre las mujeres fuertes en el mundo de los negocios.

—Peyton, los dos sabemos que eso no es cierto.

—¿Has estado husmeando en mi ordenador?

—No, pero admito que he leído tu artículo sobre Nagy —dijo. A continuación, le explicó brevemente lo que había ocurrido la tarde que Ellie regresó a casa enferma.

—No tenías ningún derecho.

—Ni tú tampoco lo tenías a escribir mentiras sobre mi abuela.

—Todo lo que he dicho en ese artículo es cierto.

—¿De verdad? ¿Son tus fuentes legítimas? He notado que no te refieres a nadie por su verdadero nombre. Ni siquiera a tu propio padre.

—Alice despidió a mi padre sin pruebas y sin una investigación independiente. ¿Te imaginas el efecto que eso tuvo en mi familia?

—Entonces, es por venganza... —dijo él con voz fría.

—Por supuesto. No todo el mundo tiene la oportunidad de ver el mundo a través de cristales de colores como os ocurre a los Horvath. Ni siquiera veis la verdad en otros. Cuando tu abuela despidió a mi padre, se puede decir que, más o menos, mató a mi madre. Sin el seguro médico que tenía mi padre, no nos podíamos permitir que la trataran nuestros médicos de siempre ni nos podíamos permitir sus cuidados cuando empezó a empeorar. Lo que Alice nos hizo fue despreciable. La vergüenza de la acusación que hizo sobre mi padre fue suficiente para mi madre. Tuvimos que vender nuestra casa y apartarnos de todos los que conocíamos. Sin embargo, tu abuela no se pudo resistir ir un paso más allá. Tuvo que desprestigiar el nombre de mi padre para que le fuera imposible encontrar un trabajo decente. ¿Sabes lo que supuso para él tener que trabajar limpiando cuartos de baño en los edificios de oficinas para que pudiéramos comer? Le destrozó por completo no poder proporcionar a mi madre el cuidado que necesitaba. No fue la esclerosis múltiple lo que mató a mi madre, fue un espíritu roto. Roto por tu abuela.

—Tu padre tomó sus decisiones...

—Claro, ¡cómo no ibas a decir eso! —exclamó Peyton con desprecio—. Todos sois iguales. Había empezado a pensar que tú eras diferente y que, tal vez, estaba equivocándome. El artículo que viste era un borrador. En ese momento había empezado a dudar sobre si estaba haciendo lo correcto. Sin embargo, la actitud que muestras en estos momentos es típica de lo que siempre había creído sobre tu familia. Eres un arrogante. No puedes creer ni por un instante que puedas estar equivocado. Nunca has tenido que luchar por nada. No tienes

154

ni idea de lo que es para el resto de los mortales y nunca lo sabrás. Sí, tus abuelos construyeron una dinastía de la nada, pero lo hicieron a costa de la felicidad de otras personas y ya va siendo hora de que todo el mundo empiece a ver a la verdadera Alice Horvath. No es la persona cálida y amable que todos pensáis. Es una mujer de acero y el hielo le corre por las venas. No tuvo compasión alguna por mi familia y eso mató a mi madre. A mi padre le costó mucho criarle y, también por culpa de tu abuela, ¡yo tuve que renunciar a mi propia hija!

Galen se tensó ante aquel ataque verbal. Su rostro parecía haber sido tallado en granito y la mirada de sus ojos azules se había vuelto glacial. En aquellos momentos, se parecía más a su abuela que nunca y eso sorprendió a Peyton.

—Creo que es mejor que te detengas —le dijo—, antes de que digas algo que podrías lamentar.

—No me lamento de nada —replicó ella. No estaba dispuesta a ceder ni un milímetro.

—¿De verdad? ¿Y para qué es todo esto? Tú misma me has dicho que apenas te hablas con tu padre.

—¡Nunca tuvimos oportunidad de tener una relación normal de padre e hija gracias a Alice!

—¿De verdad pensaste que por escribir esa basura sobre mi abuela podrías volver atrás en el tiempo y que podrías reconstruir la relación que crees que deberías tener con tu padre?

Peyton no pudo responder. El dolor que sentía en el pecho le impedía hablar.

—Dime una cosa, Peyton. ¿Qué esperabas sacar de nuestro matrimonio? ¿Material para tu artículo? ¿Nada más?

Ella asintió y apretó los labios. No podía hablar en aquellos momentos, sobre todo tras notar el dolor que se reflejaba en la voz de Galen. Desde el principio se había dicho que el fin justificaba los medios. Sus padres se merecían que se dijera la verdad, ellos y otros que habían sido tratados injustamente por parte de Horvath Corporation. Ella era su defensora, la voz en la oscuridad. No iba a permitir que sus estúpidos sentimientos se interpusieran en todo eso.

—Entonces, todo esto es una gran mentira para ti. ¿Es eso lo que me estás diciendo?

—No pongas palabras en mi boca que yo no he dicho.

Había pensado que no importaría, que podría proteger sus sentimientos detrás de los fuertes muros que había ido levantando a su alrededor a lo largo de toda su vida de adulto. Sin embargo, al verse enfrentada a la ira de Galen, a su desilusión, sintió que aquellos muros no serían nunca lo suficientemente altos para protegerla del dolor que había empezado a crecer en su interior. Al atacar a Alice Horvath, había hecho mucho daño a Galen y, por hacerle daño a él, se lo había hecho a sí misma.

—Creo que los dos ya hemos dicho suficiente por hoy, ¿no te parece? —le espetó él con la voz ronca por el dolor y la furia—. Quiero que salgas de mi casa, de mi vida y que te alejes de Ellie antes de que puedas envenenarla también a ella.

Aquellas palabras le dolieron a Peyton como si fuera un golpe de látigo. Lógicamente, sabía que él tenía todo el derecho a exigirle que se marchara inmediatamente, pero le resultaba muy doloroso.

–Recogeré mis cosas y me marcharé mañana después de que Ellie se haya ido al colegio.

–Gracias. Esta noche dormiré en una de las habitaciones de invitados.

–No. Yo regresaré a mi antiguo dormitorio.

Galen aceptó el ofrecimiento con una inclinación de cabeza. El silencio se extendió entre ellos de un modo que parecía interminable. Peyton sentía que debía decir algo, pero era incapaz de reaccionar. El hecho de que él hubiera descubierto lo que estaba haciendo antes de que ella pudiera zafarse de lo que era una situación muy incómoda, la había dejado en *shock*. Cuando por fin pudo reaccionar, se dio la vuelta y se marchó del despacho de Galen para regresar a su antiguo dormitorio.

Allí, se sentó en la cama. Nunca se había imaginado que él lo descubriría todo. De algún modo, se había imaginado que podría hacer lo que la había llevado hasta allí, publicar su artículo y marcharse sin más. Sin embargo, resultó que ya nada podía ser tan sencillo. La gente siempre lo complicaba todo. Por eso nunca había permitido que nadie se le acercara desde que murió el padre de su hija.

Galen parecía estar dolido, no solo por lo que ella decía en el artículo, sino a otro nivel. Era como si hubiera empezado a desarrollar sentimientos hacia ella que iban más allá de lo que un hombre sentía por una compañera de cama.

Volvió a experimentar un profundo dolor en el pecho.

Peyton trató de hacer lo que siempre había hecho. Recurrir a la ira. La ira era un sentimiento muy útil, al contrario que el amor, la pena o cualquiera de las debilidades que dejaban a una mujer expuesta al resto de la gente. La ira era algo con lo que se podía trabajar. Pensó en cada una de las cosas que había hecho Alice para que la ira volviera.

La lista de infracciones era larga. La amargura del padre de Peyton. La desesperación de ella por encontrar el amor en un desconocido. Descubrir que estaba embarazada de un hombre al que apenas conocía, pero al que creía amar. Enterarse de la muerte del padre de su hija y tener que renunciar a la custodia de la pequeña. Además de todo aquello, las penurias económicas. Tener que ir al colegio con ropa que le habían dado por caridad, ropa que pertenecía a otras niñas que lo sabían y que la ridiculizaban por ello. Alice Horvath era responsable de todo aquello.

Si Galen quería que se marchara de su casa, ella también se moría de ganas.

¿Y Ellie? ¿Le resultaría fácil dejarla a ella? No. Había tenido que renunciar a su propia hija. Aquel idilio con Ellie le había permitido saborear lo que podría haber disfrutado. Tendría que dejar que el agujero negro que había dentro de ella consumiera el amor que había empezado a sentir por la niña.

¿Y Galen? No. No podía pensar en él. No podía expresar con palabras lo que sentía por él y cómo le hacía sentirse. Desde el principio, había sabido que casarse con él era un riesgo. Eso era precisamente su trabajo. Un riesgo. Sin embargo, el precio que debía pagar era muy alto.

Capítulo Diecisiete

Peyton quitó las sábanas de su cama y las hizo una bola entre los brazos. Apenas había dormido en toda la noche y, sobre las cuatro de la mañana, se había rendido por fin y había empezado a recoger sus cosas. No se había llevado mucho, dado que sabía desde el principio que aquello no iba a durar para siempre.

Todo había terminado. Se sentía a la deriva. No había sensación de triunfo por el artículo que había escrito. No sentía que hubiera culminado una tarea. Tan solo sentía un agujero en su interior porque sabía que aquel día se iba a alejar de Galen y Ellie para siempre. Se había pasado gran parte de la noche anterior pensando en la reacción de Galen, en su ira. Por no mencionar lo protector que se había mostrado hacia Ellie.

Había sabido que el artículo los afectaría a todos de un modo u otro. Incluso Ellie consideraba a Alice una adorada bisabuela. Saber que aquella situación le haría también daño a la pequeña era lo que más le dolía a Peyton. Nunca hubiera deseado hacer sufrir a Ellie. Tan solo quería que el mundo viera lo que Alice era realmente. Y también, tal y como Galen había sugerido la noche anterior, tal vez construir una mejor relación con su padre.

Se sobresaltó cuando alguien llamó a la puerta.

–¿Sí?

–Soy yo –respondió Galen–. ¿Puedo entrar?

–Por supuesto.

Al ver que él entraba por la puerta, Peyton sintió que el cuerpo se le tensaba. Iba vestido con un traje azul oscuro y una camisa y corbata de un suave azul claro. Era el ejemplo perfecto de un Horvath. El poder y el éxito rezumaban por cada poro de su piel. Parecía cansado y tenía profundas ojeras. Peyton sintió una ligera satisfacción al comprobar que, seguramente, él tampoco había descansado bien la noche anterior.

–Mira, sobre lo que hablamos anoche…

–Creo que dejaste muy claros tus deseos. Me marcharé en cuanto Ellie esté en el colegio.

–Sí, bueno, ha habido un cambio de planes. Me tengo que ir a Japón para una reunión urgente. Había esperado que Maggie pudiera quedarse con ella mientras yo estoy fuera para que Ellie no sufra cambios en sus horarios, pero ella no puede. ¿Te podrías quedar tú al menos hasta que yo regrese?

–Te agradecería que te decidieras –replicó Peyton con irritación–. Primero quieres que me vaya y ahora quieres que me quede.

–No se trata de lo que yo quiera, Peyton. Tú eres la que se ha burlado de nuestro matrimonio y de nuestra familia.

Galen sabía muy bien cómo hacerle daño. De mala gana, Peyton admitió que se lo merecía.

–Está bien. El tiempo me vendrá bien para organizarme. ¿Cuánto tiempo estarás fuera?

–Una semana, diez días como máximo. Te aseguro que si hubiera otra persona que pudiera quedarse aquí, no lo dudaría, pero Ellie está muy unida a ti y si yo no estoy....

—Me quedaré.

—Gracias —dijo Galen. Se dio la vuelta para marcharse, pero volvió de nuevo a girarse para mirarla—. Y no le digas nada a Ellie de que nos vamos a separar. Ya me ocuparé yo de eso cuando regrese. ¿Comprendido?

—Comprendido.

Peyton sintió que se le hacía un nudo en la garganta. Casi no podía respirar y mucho menos hablar. A pesar de que el rostro de Galen seguía siendo tan implacable como la noche anterior, en su mirada se veía tormento y dolor. Un tormento y un dolor que ella le había causado.

Galen cerró brevemente los ojos y, cuando los abrió, aquellos sentimientos habían desaparecido y se habían visto reemplazados con una resolución que a ella le recordaba mucho a la de Alice.

—Llamaré a Ellie esta noche antes de que se vaya a la cama.

Peyton asintió y observó cómo Galen abría la puerta y se marchaba. Esperó hasta que oyó que la puerta principal se cerraba también para recuperar la compostura y bajar la escalera. Se encontró a Ellie en la cocina, terminándose sus cereales. Maggie canturreaba alegremente. Aquella parecía otra mañana más, pero Peyton sabía muy bien que no lo era.

Galen estaba agotado. Desde que salieron de Tokio, el vuelo había sufrido muchas turbulencias. Mientras que eso era algo que normalmente no le preocupaba, los temores de Ellie sobre perder a sus padres le habían minado el estado de ánimo y habían supuesto que tuviera muchas ganas de llegar a casa.

El chófer le dejó frente a la puerta principal. Galen tomó su maleta y entró. La casa estaba muy silenciosa, tanto que no pudo evitar pensar si Peyton ya se habría marchado. Sabía que no. Por muy manipuladora que fuera, sabía que jamás abandonaría a Ellie. De eso estaba seguro.

Oyó un ruido en la escalera. Peyton.

Al verla, sintió como si le dieran un puñetazo en el estómago. Todas las células de su cuerpo se tensaron. Había echado mucho de menos su conexión física y esa sensación no había aminorado con la distancia. Diez largos días y diez largas noches. Sin embargo, debía acostumbrarse. Ella se iba a marchar muy pronto. De hecho, podría ser que incluso aquel mismo día.

—¿Ya has recogido todas tus cosas? —le preguntó, prescindiendo del saludo habitual.

—No del todo.

Galen vio que sus palabras la habían molestado. Mejor. Porque él también estaba molesto. Mientras estuvo en Japón había hablado con su abuela, tratando de conseguir información sobre Peyton sin decirle a Nagy exactamente por qué no le podía preguntar directamente a su esposa. Nagy no le había dicho nada y le había aconsejado que dejara de andarse por las ramas y que hablara directamente con Peyton. ¿Cómo podía decirle a su abuela que Peyton dejaría de formar muy pronto parte de sus vidas y que todos tendrían que hacer piña como familia si el maldito artículo de Peyton eran tan destructivo como él sospechaba?

—Ya estoy en casa. No es necesario que te quedes aquí por más tiempo –le espetó.

—Tu abuela va a venir de visita. Mañana. ¿Quieres que me vaya antes o después de que venga?

—Mis preferencias no importan. Evidentemente, ella esperará vernos a ambos. Es mejor que te quedes hasta que descubramos qué es lo que quiere.

—Está bien.

Galen observó cómo Peyton subía la escalera y escuchó un portazo en la planta superior. Entonces tuvo que sentarse en la silla más cercana. Todo aquello era un maldito lío… ¿Y qué era lo que estaba tramando Nagy con una visita como la que iba a hacerles al día siguiente?

Peyton oyó que un coche se detenía frente a la casa. Se irguió antes de abrir la puerta. Le habían dado instrucciones a Maggie para que preparara la suite que había en la planta baja para Alice e incluso había accedido a hacer algunas horas extra para asegurarse de que la anciana estaba perfectamente atendida. Ellie se había puesto muy contenta cuando se enteró de que la anciana iba a ir a visitarles, pero Peyton no podía decir lo mismo.

Alice estaba esperando junto a la puerta. Tenía un aspecto más avejentado y más frágil que cuando Peyton la vio hacía unas pocas semanas, durante la entrevista.

—Bienvenida, Alice. Entra, por favor –le dijo Peyton secamente.

–¿Eres tú el único miembro del comité de bienvenida? –le preguntó la anciana mientras le ofrecía la mejilla para que se la besara.

Peyton se inclinó y rozó los labios contra la arrugada piel. Se sorprendió al sentir la presión de los labios de Alice contra su propia mejilla.

–Me alegro de verte, querida. ¿Qué tal estás? Por tu aspecto, veo que has estado trabajando demasiado.

–Yo podría decir lo mismo sobre ti...

Alice soltó una carcajada,

–Me gustas, Peyton. No estaba segura de que fuera a ser así, pero me gustas.

Peyton dio un paso atrás. Las palabras de Alice le habían sorprendido mucho. Tal vez Alice sintiera simpatía por ella en aquellos momentos, pero eso iba a cambiar muy pronto.

–Bueno, ¿dónde están mi nieto y mi bisnieta?

–Ellie llegará enseguida del colegio y Galen ya viene de camino a casa. Le ha retrasado una llamada inesperada.

Galen le había mandado un mensaje hacía un rato para decirle que iba a retrasarse. Parecía que los mensajes de texto era la única manera en la que podían comunicarse en aquellos momentos.

–¿Va a cenar Ellie con nosotros esta noche?

–No. Mañana tiene colegio. Hemos pensado que será mejor si no se queda levantada hasta muy tarde.

–Sí... probablemente sea lo mejor.

–¿Lo mejor?

–Tenemos muchas cosas de las que hablar. Ahora, si no te importa, creo que voy a descansar un poco para recuperar mi belleza. A ti te vendría muy bien hacer lo mismo.

Peyton parpadeó sorprendida. Entonces, se dio cuenta de que Alice estaba bromeando. Como no sabía cómo reaccionar, optó por una sonrisa.

–Que descanses, Alice. Ya tienes tu dormitorio preparado. Me aseguraré de que Ellie no te moleste.

Acompañó a Alice a su suite y le colocó la maleta sobre el soporte diseñado para ello y se marchó. Recordó que la anciana le había dicho que ella le gustaba y Alice era famosa por ser muy sincera y directa con las cosas. Saber que, a pesar de todo, había logrado romper la barrera de la aceptación con ella le provocaba una sensación agridulce y la llenaba de una calidez a la que no estaba acostumbrada. Entonces, recordó cómo la trataría toda la familia cuando supieran lo de su artículo. Se había retrasado a la hora de enviarlo a su editor con la excusa de que necesitaba revisarlo. No obstante, sabía que todo estaba perfecto y listo para publicarse. Lo único que tenía que hacer era enviarlo. Sin embargo, algo se lo había impedido.

Se preguntó si sería el miedo sobre cómo todo aquel asunto afectaría a Ellie. Tal vez el hecho de que, cuando estuviera publicado, ya no habría manera de retomar una relación con Galen.

Pensó en lo que sentiría cuando atravesara la puerta de aquella casa y no volviera a ver ni a Galen ni a Ellie. Una profunda pena se apoderó de ella. Sintió deseos de llorar, pero ella era una mujer fuerte. Había tenido que tomar antes decisiones duras y había salido adelante. Volvería a hacerlo.

Sin embargo, en aquella ocasión era diferente. Se iba a alejar del hombre al que amaba.

Cerró los ojos y se permitió admitir que estaba enamorada de Galen. No lo había esperado nunca ni había querido que así fuera, pero, tras haberlo admitido, comprendió que no podría guardar sus sentimientos para sí misma tal y como siempre había hecho en el pasado. Lo amaba y sabía que aquel artículo le estaba haciendo mucho daño, pero debía publicarlo por su padre.

Alice se dio cuenta de que el ambiente entre Galen y Peyton se podía cortar con un cuchillo. Estaban sentados en la terraza de uno de sus restaurantes favoritos de Port Ludlow. El tiempo no estaba ayudando a que aquel emparejamiento saliera adelante. No era así como se había imaginado que progresarían las cosas. Si ella no se ocupaba de arreglar las cosas entre ellos, Galen y Peyton se arrepentirían el resto de su vida. Solo esperaba que ya no fuera demasiado tarde.

Después de que pidieron lo que iban a tomar, Alice se acomodó en su silla y los miró fijamente.

—¿Quién de los dos es el que me va a decir qué es lo que está pasando entre vosotros?

Silencio. No obstante, la pregunta había conseguido que los dos se miraran.

—Peyton, ¿qué te parece si empiezas tú?

Sabía que ella no se andaría por las ramas.

—Hemos decidido separarnos. Lo nuestro no funciona.

—¿De verdad? —preguntó Alice frunciendo el

ceño–. ¿Es eso lo único que tenéis que decir al respecto?

Peyton comenzó a juguetear con la servilleta, con la copa y luego se dejó por fin las manos sobre el regazo.

–De verdad. Tengo que ser sincera contigo. Galen descubrió que le mentí sobre los motivos para casarme con él.

–¿Es eso cierto? ¿Galen?

Él asintió. Evidentemente, no creía que pudiera articular palabra.

–Entonces, ¿el hecho de que tus motivos para casarte con mi nieto fueran para echarme mierda encima ha disgustado a mi nieto? –comentó Alice tranquilamente mientras partía un colín en dos y se metía un trozo en la boca.

–¿Lo sabías? –le preguntó Peyton con incredulidad.

–Claro que lo sabía, pero los hechos son los hechos. Galen y tú sois perfectamente compatibles el uno para el otro. Cuando podáis sacaros esta espina, creo que seréis muy felices juntos.

–No puedes esperar que sigamos casados después de esto –le espetó Galen–. Ella nos ha manipulado y nos ha mentido descaradamente. Yo no puedo confiar en ella ni tampoco quiero que esté cerca de Ellie.

–Ah, sí. Ellie…

–¿Qué es lo que pasa con Ellie? –le preguntó Peyton. Parecía muy preocupada y había palidecido considerablemente.

–Toma un poco de agua, querida. No quiero que te desmayes –le dijo Alice–. La situación con

167

Ellie es complicada, Peyton. Llevo siguiendo tu vida con mucha atención desde tu infancia. Sé que no siempre fue fácil para ti y que, en ocasiones, lo pasaste mal, pero cuando descubrí que estabas sola y embarazada, supe que tenía que ayudar de alguna manera.

—¿Cómo dices? ¿Llevas espiándome desde la infancia? No me estarás diciendo que te ocupaste de la adopción de mi hija, ¿verdad?

Peyton se había quedado atónita y Galen mostraba el mismo grado de incredulidad.

—Eso me hace parecer una vieja metomentodo, pero conocía muy bien a tus padres. Por tu madre debía estar pendiente de ti. Verás. Tu padre no solo me traicionó a mí y a mi empresa, sino que traicionó también una amistad.

—Tú no eras amiga de mi madre. Dejaste que se muriera.

—Y lo lamentaré el resto de mis días. Tu padre cortó todo contacto entre nosotros cuando os marchasteis a Oregón —dijo Alice tratando de contener la emoción—. En cuanto a la adopción… Nick y Sarah llevaban ya bastante tiempo trabajando para nosotros y se habían hecho amigos de Galen. Le ayudaron mucho en su transición de joven licenciado a director. Sabía que les estaba costando tener un hijo y conocía también tu situación. En ese momento, me pareció la mejor solución posible y a ti te ayudó a pagar el crédito que pediste para poder realizar tus estudios y todas las facturas médicas, ¿verdad? Te ayudó a salir adelante en tu profesión, una profesión en la que has destacado. ¿Qué tal va tu último artículo?

Peyton la miró fijamente sin saber qué decir, pero a Galen no le ocurrió lo mismo.

—¡Su último artículo es una sarta de mentiras! —exclamó.

—¡Eso no es cierto! ¿Es que no estás escuchando ahora mismo a tu abuela? Lleva tirando de los hilos y medrando con la vida de los demás desde hace muchos años. Con mi vida también —rugió Peyton mientras daba una fuerte palmada sobre la mesa—. No puedo permanecer sentada aquí, fingiendo que nos llevamos genial y disfrutando del almuerzo.

Se puso de pie e hizo ademán de marcharse, pero Alice se lo impidió, agarrándola de la mano.

—Siéntate, querida. Te lo ruego. Tengo algo que deciros a los dos y haréis el favor de escucharme. Después, si quieres marcharte o quedarte, podrás hacer lo que quieras.

Alice contempló aliviada cómo Peyton volvía a tomar asiento. Todos los comensales del restaurante los estaban observando, pero Alice los aplacó con una de sus miradas y todo el mundo se centró de nuevo en su comida inmediatamente. Mientras tanto, un camarero les llevó los platos que habían pedido y otro les servía vino.

Alice levantó su copa a modo de brindis.

—Salud.

Galen y Peyton levantaron automáticamente sus copas, pero Galen no bebió. Volvió a colocar la copa sobre la mesa. Su pobre nieto estaba muy confuso. Alice sabía perfectamente que él estaba locamente enamorado de Peyton también. Por eso sufría tanto. Alice sintió pena por él y respiró profundamente antes de hablar. Tal vez después de lo que le iba a decir a Peyton, Galen se sentiría totalmente libre para admitir su amor y luchar por la que todavía era su esposa.

—Ahora, Peyton, me imagino que has escrito lo que crees que es la verdad.

—Sé que es la verdad. He investigado y he comprobado mis fuentes.

—El problema es que una misma historia siempre tiene varias facetas. Si no tienes cuidado, terminarás por repetir los errores de tu padre y, al igual que él, terminarás haciendo daño a los que más quieres.

—Tú fuiste la que hizo mucho daño a mi familia —replicó ella.

—Querida mía, te sugiero que empieces a basarte un poco menos en los recuerdos personales para que vayas directamente a la fuente de tu infelicidad. Traté de protegeros a ti y a tu madre, y, cuando hayas comprobado tus fuentes con más cuidado, descubrirás que has permitido que la versión de tu padre te nuble tu racionamiento habitual y tu capacidad para informar imparcialmente. Sé que estás en lo más alto de tu profesión, Peyton, pero me temo que, en este caso, has distado mucho de estar a tu nivel. ¿Me permites que te diga también que, el hecho de que hayas utilizado a Michelle, tu antigua compañera de universidad, está muy por debajo del calibre de periodista que siempre he creído que eras?

—No la habrás despedido también, ¿verdad? No fue culpa suya.

—Por supuesto que no lo fue. Michelle vino a verme enseguida y me contó exactamente lo que

170

estaba ocurriendo. Yo le permití que te facilitara el acceso a información específica porque, al menos, eso sí que te lo merecías. Sin embargo, tergiversar esa información para que encajara con tus necesidades no es lo que esperaba de ti. Sé que crees que conseguiste trucar el proceso de selección con Galen, pero te aseguro que no fue así. Michelle no tenía control alguno sobre el resultado de quién se iba a casar con Galen aquel día. Los dos sois la pareja perfecta. Mi objetivo es ver que mi nieto y mi bisnieta sean felices. Tú también te lo mereces, Peyton. Sin embargo, tu felicidad, junto a la de Galen y Ellie, depende totalmente de ti y eso es lo que tienes que decidir a continuación.

Capítulo Dieciocho

Peyton aparcó el coche junto a la playa y salió para examinar la arena que se extendía bajo sus pies.

Podía distinguirlo en la distancia. Tenía una caña de pescar clavaba en la arena, a su lado. Estaba allí, de pie, soportando los rigores del viento y de la ligera lluvia que caía sobre él. Peyton tragó saliva. Aquello no iba a ser fácil. La última vez que lo vio, después de la adopción, le había dicho que no volviera a visitarlo. Pero allí estaba Peyton, casi diez años más tarde, para tratar de averiguar la verdad.

Cerró el coche y comenzó a dirigirse hacia él. El viento la azotaba con fuerza, golpeándola con la arena, mientras que las olas rompían con fuerza contra la costa. Su padre debió de ver que se acercaba, pero no reaccionó hasta que Peyton estuvo prácticamente a su lado.

—Has vuelto.

—Sí, he vuelto, papá. ¿Cómo estás?

Se encogió de hombros.

—¿Qué es lo quieres?

—Respuestas.

—¿Has hecho ya ese artículo?

Peyton suspiró. La última vez que había tratado de hablar con su padre por teléfono, él había estado a punto de colgarle. Lo impidió el hecho de que ella le contara lo que Peyton pensaba hacer.

—Todavía no.

—¿Por qué estás tardando tanto? Ya te dije lo que me hizo esa zorra. Ya va siendo hora de que pruebe un poco de su propia medicina.

Peyton se metió las manos en los bolsillos. Repasó de nuevo las preguntas que había estado practicando durante el largo trayecto en coche hasta llegar allí. Había llegado el momento de hacerlas.

—¿Qué fue lo que pasó en realidad cuando perdiste tu trabajo en Horvath Corporation? ¿Les robaste?

Su padre miró hacia el mar. Las arrugas que marcaban su rostro parecieron profundizarse. Tensó los labios y luego dejó escapar un profundo suspiro.

—Se suponía que iba a ser solo un préstamo…

—¿Un préstamo?

—Tu madre se merecía lo mejor. Creció teniéndolo todo y yo le había prometido que, si me elegía, su vida no tendría que cambiar. Yo gastaba más de lo que podía, pero no podía parar. Me encantaba poder darle a tu madre todo. El mejor jardín, el último modelo de coche… Al principio, las cantidades eran pequeñas para ayudarnos a llegar de una nómina a otra. Yo lo devolvía y nadie se daba cuenta. Entonces, tu madre enfermó y yo me retrasé a la hora de devolver el dinero. Al final, las cantidades que tomaba prestadas eran cada vez mayores y me empezó a resultar más difícil ocultarlo. Tuve que ajustar algunos informes para asegurarme de que nadie se daba cuenta de las discrepancias.

—¿Por qué no le dijiste a mamá que estábamos viviendo por encima de nuestras posibilidades?

Su padre dejó escapar una carcajada llena de amargura.

—¿Y perder el amor de tu madre? No hubiera podido soportar ver la desilusión en su rostro cuando le hubiera dicho que yo no era lo que había fingido ser. Mi obligación era manteneros a las dos. Ella era el amor de mi vida, mi razón para estar en la Tierra. Ella provenía de una familia acaudalada y yo tenía que ofrecerle la luna, las estrellas y mucho más. Lo tenía todo, pero me eligió a mí. Tuve que demostrarle que yo era tan válido como las personas que le dieron de lado cuando se casó conmigo. Las personas que, incluso cuando enfermó, no hicieron nada para ayudarla. Quería serlo todo y resultó que no era nada.

Una solitaria lágrima cayó por la ajada mejilla. Peyton sintió una profunda compasión por su padre. Lo que había hecho no había estado bien, pero lo había hecho por amor. Peyton había crecido creyendo que los padres de su madre habían muerto, pero su padre acababa de confesarle que tenía más familia. Más personas que no la querían, pero no tenía tiempo de seguir pensando en eso.

—Papá, creo que mamá te habría querido de todos modos. Nunca vi que el amor que te profesaba cambiara o se terminara. Ni siquiera cuando se puso tan enferma y nos tuvimos que marchar de California.

—Si esa zorra no me hubiera despedido, nos las habríamos arreglado. Es culpa suya que tu madre muriera como lo hizo. Ojalá hubiera podido mantener mi trabajo y todos mis beneficios… Seguramente tu madre seguiría con vida.

—Eso no lo sabemos.

—Yo lo sé. Y quiero que Alice Horvath y su asquerosa familia paguen por lo que nos hicieron. Se merecen una lección. Se podrían haber permitido unos cuantos miles menos. No había necesidad para que me castigaran como lo hicieron. Yo necesito venganza, Peyton. Me la merezco. Tu madre se la merece y tú también. No puedo hacerlo solo, así que tendrás que ayudarme tú. ¡Tienes que hacerlo!

La mirada de furia que se reflejó en los ojos de su padre hizo que Peyton se diera cuenta de que su padre, probablemente, había perdido la cabeza. Tal vez nunca había estado totalmente cuerdo.

De repente, Peyton sintió como si se le cayera una máscara de los ojos. A lo largo de toda su vida, había creído que su padre era inocente y, por fin, sabía la verdad. Había robado dinero de Horvath Corporation. Había falsificado informes. Saber que era culpable, después de haber estado años y años proclamando su inocencia, resultó devastador. A lo largo de muchos años, su padre la había indoctrinado para que odiara a los Horvath, cuando en realidad eran ellos los inocentes. Las mismas personas a las que se le había enseñado que odiara, la habían recibido en su familia con los brazos abiertos.

—No voy a hacerlo, papá.

—Tienes que hacerlo —insistió él.

—No. Es hora de que dejes tu ira a un lado si puedes. Sabes que lo hiciste mal y te agradezco que, por fin, me hayas contado la verdad.

—La verdad es que se merecen todo lo que les sobrevenga.

–No, papá. Eso no es así. Podrían haber presentado cargos contra ti. ¿Es que no te das cuenta? Alice Horvath solo te despidió porque sabía que, si presentaba cargos, mamá y yo sufriríamos aún más.

–Debería haber permitido que me quedara con mi trabajo.

–¿Lo habrías hecho tú si hubieras estado en su lugar?

–Siempre tuve intención de devolver el dinero...

–Estoy segura de ello. Otra cosa, papá... Tengo una hija...

–¿Estás hablando de la niña que está a cargo de Galen Horvath?

–Sí. Es mi hija.

–¿La niña a la que renunciaste? –le preguntó su padre comprendiendo por fin a qué se refería.

–Sí.

–Supongo que una intromisión más de esa zorra.

–No, papá. Se ocupó de ella. Y me ayudó a que terminara mis estudios. Se aseguró de que mi hija fuera a un hogar en el que la quisieran mucho como si fuera parte de su propia familia. Cuando los padres adoptivos murieron de repente, ella me dio una segunda oportunidad para ser madre.

Magnus apartó la mirada de su hija porque se había dado cuenta de que su caña de pescar había empezado a dar tirones.

–Tengo que dejarte...

–¿Papá? ¿No quieres verla? ¿No quieres conocer a mi hija, a tu nieta?

–No. Quiero que me dejes en paz.

Peyton se sintió como si su padre le hubiera clavado un cuchillo en el corazón, tal fue el dolor que le provocaron aquellas palabras. Ahogó las lágrimas que amenazaron con escapársele de los ojos y asintió.

—Está bien. Me iré. Te quiero, papá.

No hubo respuesta. Peyton se dio la vuelta y se alejó caminando por la playa hasta llegar a su coche. Se dijo que no debería haber esperado otra cosa por parte de su padre. Él siempre había sido así. Sin embargo, no querer ver siquiera una fotografía de su nieta… Peyton nunca habría esperado un golpe así.

Mientras realizaba el trayecto de dos horas y media que la separaba del aeropuerto, pensó en el encuentro con su padre. Había ido exactamente como había supuesto que iría, aunque había esperado equivocarse. Sin embargo, al menos había conseguido que ella le dijera la verdad sobre lo que había hecho y, al hacerlo, había declarado nula la lucha que tenía desde hacía años con los Horvath. Ya no tenía nada en su contra. Su artículo, tal y como tan acertadamente le había dicho Alice el día anterior, quedaba anulado por el hecho de que su padre le había hecho ve una versión tergiversada de lo sucedido. Ya ni siquiera valía la memoria que ocupaba en el disco duro de su ordenador.

Cuando llegó al aeropuerto de Seattle-Tacoma, Peyton se dirigió al aparcamiento. Antes de arrancar su coche, sacó su ordenador y un *pendrive* vacío del bolso y transfirió el artículo que había escrito al *pendrive* para luego borrarlo del ordenador y de la nube. Después, se dispuso a conducir las dos horas que la separaban de su casa.

Ya era de noche cuando llegó frente a la casa. Estaba completamente agotada, pero aún le quedaba algo más por hacer. A pesar de que ya era muy tarde, Alice no tardó en abrir la puerta de la suite de invitados cuando Peyton llamó a su puerta. Tenía un aspecto compuesto y elegante, con un hilo de perlas alrededor del arrugado cuello, el maquillaje perfecto y sin un pelo fuera de lugar.

—¡Peyton! ¿Te encuentras bien, querida? Pareces estar agotada. Pasa

—No, no voy a entrar. No voy a tardar mucho tiempo. Yo… Yo quería disculparme por lo que he hecho. Me equivoqué y… tengo algo para ti —le dijo. Sacó el *pendrive* para entregárselo a Alice—. Es el artículo. La única copia. Haz lo que quieras con él.

—Entiendo… ¿Has ido a ver a tu padre hoy?

—Sí.

—En ese caso, creo que deberías quedártelo tú. Lo que hagas con él estará bien. Además, no soy la que tiene que decir nada, porque ya he dicho y hecho más que suficiente. A veces la vida nos pone en un sendero que no debíamos tomar, pero solo nosotros podemos tomar la decisión de darle un nuevo curso o intentar seguir adelante con el que hemos tomado. Solo tienes que confiar en tu corazón, querida mía. No te equivocarás.

Capítulo Diecinueve

Hacía ya bastante tiempo que Ellie se había ido a la cama. Peyton dio por sentado que Galen estaría viendo la televisión en la sala que tenían frente al dormitorio principal. Subió a su despacho y cerró la puerta. Colocó el portátil sobre la mesa y empezó a escribir.

El sol estaba saliendo mientras terminaba de corregir lo que había estado escribiendo. Cuando por fin estuvo satisfecha, adjuntó el archivo en un correo electrónico y se lo envió a su editor. Estaba hecho. Fuera lo que fuera lo que ocurría a continuación, escapaba de su control.

Al pasar junto al dormitorio de Ellie, notó que se estaba despertando. Llamó suavemente a la puerta.

—Buenos días —dijo mientras un somnoliento rostro emergía de entre las sábanas con el cabello totalmente revuelto. Su hija. Le costó mantener la voz serena—. ¿Has dormido bien?

—Sí, pero anoche te eché de menos.

—Ya estabas dormida cuando regresé.

—¿Llevas la misma ropa que ayer?

—Sí, aún no me he acostado. Tenía que terminar una cosa. Ahora ya está.

—¿Era muy importante?

—Sí. Ahora voy a dormir un poco, pero te veré después del colegio, ¿de acuerdo?

–De acuerdo. Dulces sueños, mamá.

Peyton sintió que el corazón le temblaba en el pecho. ¿La había llamado mamá? ¿Se habría equivocado Ellie o era que había empezado a verla como a una madre? Deseó tomar a la niña entre sus brazos y estrecharla con fuerza, pero se obligó a lanzarle un beso y a cerrar la puerta del dormitorio de la pequeña.

Al salir, se detuvo en seco al ver a Galen. Él estaba en el rellano, como si estuviera esperándola. A pesar de lo cansada que estaba, Peyton sintió que un irrefrenable deseo se apoderaba de ella al verlo. Estaba recién salido de la ducha, con el cabello mojado y vestido con su traje y su impecable camisa. ¿Cómo iba Peyton a conseguir crear un puente que cubriera la distancia que había creado entre ellos? ¿Volvería Galen a confiar en ella?

–¿Has hablado con tu padre?

–Sí. Ya me he disculpado con tu abuela. Ahora, quiero hacerlo contigo.

Justo en ese momento, Ellie salió del dormitorio.

–¡El ultimo que llegue a desayunar es un huevo podrido!

La pequeña echó a correr. Galen la observó con un profundo amor. A su vez, Peyton le observó a él mientras se preguntaba si sería una de las últimas oportunidades que tendría para hacerlo.

–Tenemos que hablar –dijo él–, pero ahora no. Esta noche.

Peyton asintió y vio cómo bajaba las escaleras detrás de Ellie. Entonces, se dirigió a su dormitorio y se tumbó en la cama completamente vestida.

Durmió profundamente. Solo se despertó cuando oyó que la puerta principal se cerraba de un portazo, anunciando que Ellie había regresado del colegio. Miró el reloj para confirmar sus sospechas. No había sido su intención dormir hasta tan tarde. Ni siquiera se había despedido de Alice, que había regresado a su casa a mediodía.

Se fue a duchar mientras daba las gracias de que Maggie estuviera allí para ocuparse de Ellie. Ciertamente, había ventajas en el nivel de riqueza del que disfrutaban los Horvath.

Cuando ya estuvo aseada y vestida, bajó y pasó el resto de la tarde con Ellie. Cuando llegó el momento de que la pequeña se fuera a la cama, Galen aún no había llegado a casa. No se podía estar quieta. No hacía más que ir de una habitación a otra, sin poder parar tranquila.

Eran casi las diez de la noche cuando oyó que se abría la puerta principal. Ella se dirigió a la entrada y se detuvo en seco al ver a Galen. Parecía agotado. Sintió deseos de acercarse a él para darle la bienvenida y reconfortarle, pero sentía que había perdido ese derecho.

–Gracias por esperar. Tengo muchas cosas que decirte, pero voy a dejar primero el maletín en mi despacho. Espérame en la sala, ¿te parece bien?

Peyton se dirigió hacia la sala. Sirvió un par de copas de coñac y se sentó a esperar. No tuvo que hacerlo durante mucho tiempo. En cuanto Galen entró, le ofreció su copa y gozó con la cálida sensación que le produjeron sus dedos al tomar el vaso.

—Antes de que tú digas nada, quiero disculparme por mis actos, por haber utilizado la empresa de tu abuela para casarme contigo con un objetivo en mente. No debería haberlo hecho y me avergüenzo de que haya sido así. Ayer fui a ver a mi padre y me enteré de algunas dolorosas verdades. Comprendí que me había convertido en una persona tan tóxica y dañina como mi padre y te aseguro que no me gustó mirarme en ese espejo. Por lo tanto, he decidido marcharme. Tengo un nuevo encargo para otro artículo. No tiene ningún sentido que me quede aquí cuando los dos sabemos que no podemos seguir juntos. No me voy a oponer al divorcio. De hecho, si lo prefieres, lo solicitaré yo. En cuanto a Ellie…

Peyton parpadeó al sentir un terrible escozor en los ojos.

—No voy a tratar de quitarte la custodia de la niña. Tenías razón. Ya renuncié a ella antes. Tomé una decisión y no tengo ningún derecho a cambiar de opinión ahora que he tenido la suerte de volverme a encontrar con ella. No tengo ningún derecho a usurpar lo que hay entre vosotros ni a lo que sus padres querían para ella. Tampoco deseo alterarla después de todo lo que ha pasado. Sin embargo, si a ti te parece bien, me gustaría poder venir a verla de vez en cuando para ver cómo crece y…

El nudo que se le había formado en la garganta le impidió seguir hablando. Tomó un sorbo de su copa y dejó que el coñac le suavizara la garganta hasta llegarle al estómago. Galen no había dicho ni una sola palabra. Se había mantenido inmóvil, observándola con expresión inescrutable.

—Ya he recogido mis cosas y las he cargado en el coche. No puedo decirle adiós a Ellie otra vez. De hecho, ya me está costando bastante despedirme de ti. Hemos tenido buenos momentos, ¿verdad?

—¿De verdad es esto lo que quieres? ¿Marcharte y fingir que lo nuestro nunca ha ocurrido?

—Sí… Te ruego que no digas nada… Tengo… tengo que marcharme.

Peyton dejó su copa sobre la mesa de café y se puso de pie.

—Gracias de nuevo por todo lo que has intentado hacer por mí. Gracias por cuidar de Ellie. Ella tiene mucha suerte de tenerte. Espero que algún día encuentres una mujer que pueda daros la familia que Ellie y tú os merecéis.

Con eso, Peyton salió de la sala. Oyó que Galen la llamaba, pero no se atrevió a detenerse ni a mirar atrás. Se dirigió directamente a la puerta principal, bajó la escalera y se metió en su coche. Le costó mucho arrancarlo. Vio que Galen aparecía en la puerta. Entonces, pisó el acelerador y se marchó. Su hija, el hombre que amaba y los sueños de futuro quedaron atrás.

Galen llegó a la entrada del apartamento y comprobó la dirección que le habían dado. Entonces, llamó con fuerza a la puerta. Cuando esta se abrió por fin, vio el rostro de Peyton por primera vez en tres interminables semanas.

—He leído tu artículo —dijo—. ¿Puedo entrar?

—¿Cómo? Ni siquiera se ha publicado —replicó ella entornando la mirada.

—No era lo que esperaba…

—¿Significa eso que has tenido acceso a mi trabajo?

—Sí, y no me voy a disculpar por eso. Protejo lo que es mío. Peyton, déjame entrar.

—¿Has oído hablar alguna vez de la libertad de prensa?

—Me ha impresionado mucho cómo has mostrado que, a pesar de la pena que le produjo la muerte de mi abuelo y luego la de mi padre y la de mi tío, Alice dirigió el funcionamiento de la empresa con mano de hierro y, al mismo tiempo, con justicia. Es mucho más de lo que esperaba. Nada de mentiras. Has hecho un buen trabajo.

—Déjate de tantos elogios —musitó ella—. ¿Qué es lo que quieres?

—Hablar. Te marchaste sin escuchar lo que yo tenía que decir.

—De eso hace tres semanas —comentó ella con cierta amargura.

Galen la miró. Vio que en aquellas tres semanas había perdido un peso que no le sobraba.

—Peyton, déjame entrar. No pienso hablar contigo en la puerta.

—Está bien. Entra.

—He estado pensando en lo que me dijiste aquella noche y he recibido esto… —comentó mientras se sacaba un sobre del bolsillo que contenía los papeles del divorcio.

—Me alegra ver que mis abogados se han ganado el dinero que les he pagado.

Galen miró a su alrededor. El apartamento tenía muy pocos muebles. Lo único que parecía reflejar lo que ella era en realidad era una fotografía de Ellie y de ella que Galen les había hecho en Hawái. ¿Cómo era posible que no se hubiera dado cuenta de lo mucho que se parecían? El mismo cabello castaño claro, la misma nariz, los mismos ojos azules grisáceos…

—Bonito apartamento.

—No mientas, Galen. ¿Qué es lo que quieres de mí?

—Quería saber por qué has cambiado el artículo.

—Te lo dije la noche que me marché. Mi padre me contó la verdad. Ya no podía publicar el artículo tal y como estaba. Alice se merecía algo mejor. Todos en realidad.

—¿Por qué no me dijiste que lo habías cambiado?

—No creí que pudiera cambiar nada entre nosotros. Lo siento, Galen. Cuando escribí el primer artículo, creía que se me había contado la verdad. De hecho, a lo largo de mi infancia, esa fue mi verdad. Era lo único que le oía decir siempre a mi padre y no había nada que me pudiera hacer pensar de otro modo… hasta que te conocí.

—¿Y ahora?

—Ahora estoy otra vez donde estaba al principio. Sola, pero más sabia. ¿Has venido a traerme los papeles? Podrías haberlos enviado por correo. ¿Los has firmado?

—No. Ni voy a hacerlo.

—¿Qué? ¿Por qué no?

—Porque quiero que vuelvas conmigo. Ven a casa. Quiero que regreses a mi lado. A mi vida. A mi cama. Ellie también quiere que vuelvas. Te echa de menos y tiene todo el derecho de saber que eres su madre biológica. Te necesita en su vida.

—Te pedí verla de vez en cuando…

—De vez en cuando no. Ella se merece algo mejor. Las dos os lo merecéis. Ven a casa. Dices que has cambiado el artículo porque has averiguado la verdad, pero nunca te paraste a intentar descubrir el resto de la verdad sobre nosotros. Te amo, Peyton, y creo que tú me amas también. No me importa tener que esperar a que estés lista para admitirlo. Puedo esperar hasta que me muera si es necesario, pero no quiero tener que esperar ni un instante más para tenerte de nuevo en mi vida. A menos, por supuesto, que puedas convencerme de que no me amas o de que no me puedes amar. Si es así, en ese caso, me daré la vuelta y me marcharé para siempre. Sin embargo, creo que, en algún momento de nuestro alocado matrimonio, los dos hicimos algo bien. Descubrimos algo juntos sobre lo que podemos construir un futuro que nos dure toda la vida. Por eso, Peyton, te ruego que me digas que te vas a venir a casa conmigo.

—No lo sé, Galen… Me aterra ceder ante el amor, porque he visto lo que le ha hecho a mi padre. El amor que le tenía a mi madre lo empujó a robar y a mentir. Es un hombre roto. Ni siquiera quiso ver una foto de Ellie cuando fui a verlo. ¿Cómo puedo ser yo lo que la niña necesita cuando ni siquiera tengo ejemplo de cómo ser una buena madre? A lo largo de mi vida, desde que la di en adopción, me he esforzado por no amar, por no ceder el control de mi vida. Al principio, estar con Ellie y contigo me resultó difícil porque no hacía más que luchar contra los sentimientos que tenía por los dos. Sin embargo, entonces empecé a relajarme y me permití amar a Ellie. Cuando descubrí que era de verdad mi hija, me sentí aterrada al tiempo que consideraba que ese había sido el mayor regalo de mi vida. En cuanto a ti, al estar contigo comencé a retirar las barreras que había levantado a mi alrededor desde la infancia y eso me asustaba mucho.

Peyton respiró profundamente y miró a Galen a los ojos.

—Te amo, Galen. No quería hacerlo y me resistí. Incluso utilicé el sexo para tratar de distraerme de lo que sentía.

—Bueno, pues puedes distraerte siempre que quieras. Solo tienes que decirlo.

Peyton se echó a reír.

—Gracias —añadió—. Lo tendré en cuenta.

—Entonces, ¿te parece bien si hago esto? —le preguntó. Levantó los papeles del divorcio y los desgarró por la mitad.

—Claro que me parece bien.

Galen dejó los trozos sobre una silla cercana.

—¿Y si hago esto?

Se acercó a ella y la tomó entre sus brazos. Entonces, inclinó la cabeza y la besó. Peyton permaneció inmóvil durante unos instantes, lo que hizo que Galen se preguntara si habría ido demasiado deprisa una vez más. Sin embargo, de repente, ella empezó a responderlo. Los labios de ambos comenzaron a moverse y a acariciar, las lenguas se frotaban… Galen se obligó a dar un paso atrás para permitir que ella realizara el siguiente movimiento y rezó para que fuera el más adecuado para ambos.

–Si haces eso me parece fenomenal –respondió ella–. De hecho, no me importa que lo vuelvas a hacer, solo para asegurarme.

Tan caballeroso como siempre, Galen hizo lo que ella le había pedido. Cuando por fin rompieron el beso, la miró profundamente a los ojos.

–Peyton, ¿quieres regresar a casa conmigo? ¿Quieres ser mi esposa en todos los sentidos? ¿Quieres ser también la madre de Ellie y formar parte de nuestras vidas?

–Sí, quiero. Estas últimas semanas han sido un infierno. Parece que no puedo funcionar bien sin vosotros y no quiero seguir estando sola.

Galen sonrió. Su orgullosa e independiente esposa acababa de admitir mucho más de lo que seguramente había pensado.

–En ese caso, vayámonos a casa.

–Me encantaría. Y esta vez para siempre.

–Para siempre.

«Ven conmigo a Italia…
y hazte pasar por mi prometida».

CORAZÓN EN DEUDA

Kim Lawrence

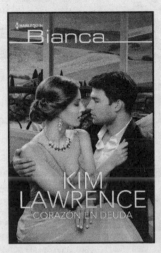

Ivo Greco estaba decidido a hacerse con la custodia de su sobrino, huérfano. El niño heredaría la fortuna de la familia Greco. Para conseguirlo, necesitaba convencer a Flora Henderson, la persona que tenía la custodia del bebé, de que aceptara su anillo de compromiso.

Pero la atracción entre ambos complicó la situación durante la estancia de Flora en la Toscana. Ivo siempre había descartado el matrimonio real… hasta ese momento.

DESEO

¿Serían capaces de fingir hasta llegar al altar?

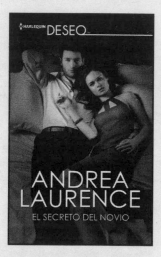

El secreto del novio
ANDREA
LAURENCE

Para no asistir otra vez sola a la boda de una amiga, Harper Drake le pidió a Sebastian West, un soltero muy sexy a quien conocía, que se hiciera pasar por su novio. Fingir un poco de afecto podía ser divertido, sobre todo si ya había química, y nadie, ni siquiera el ex de Harper, podría sospechar la verdad. Lo que no se esperaba era que la atracción entre ellos se convirtiera rápidamente en algo real y muy intenso, y que un chantajista la amenazara con revelar todos sus secretos.